薛丁格的社會Ⅱ
—變異宇宙

我們的■社會｜是否
可以很不一樣？

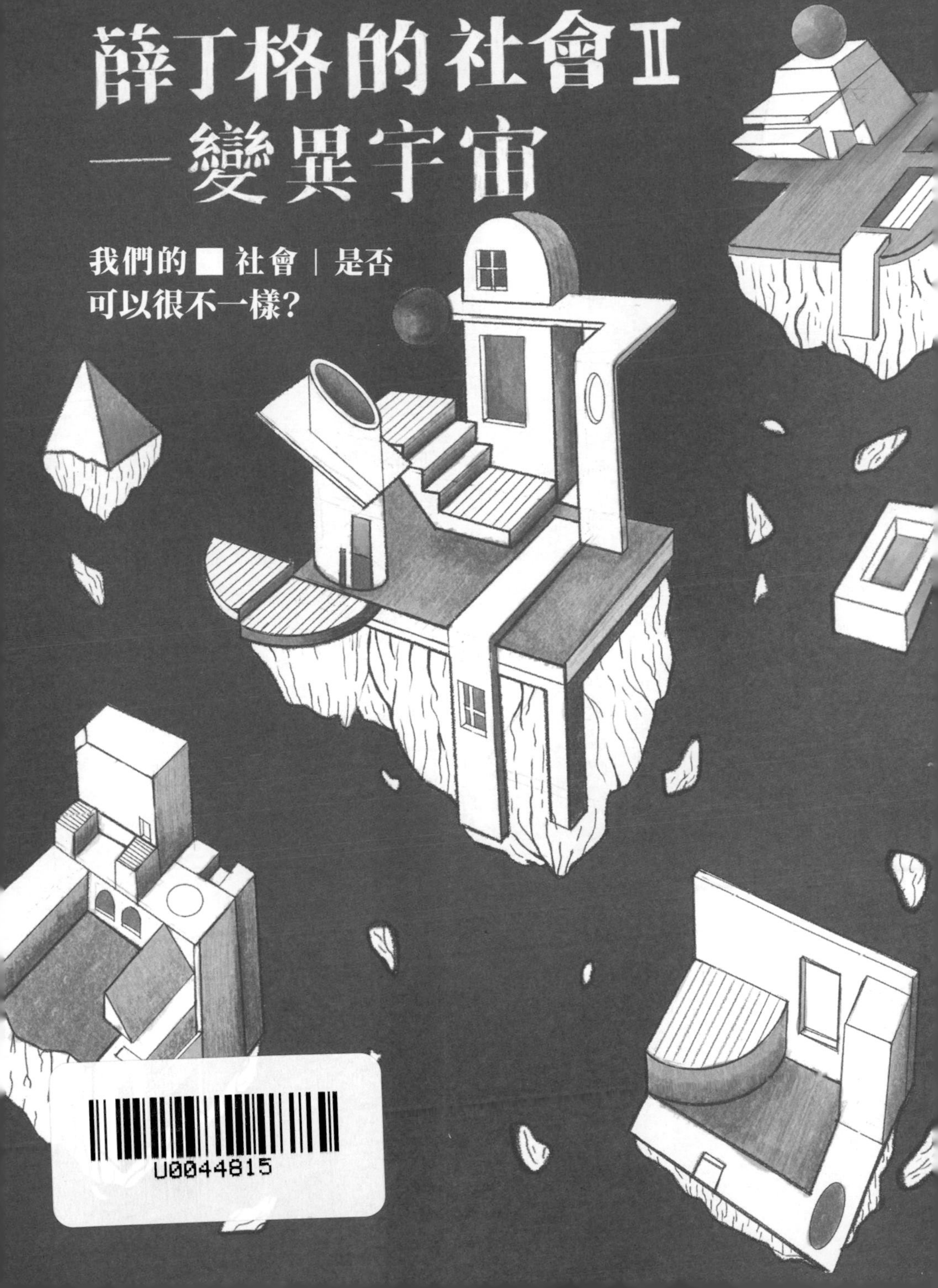

關注台灣未來社會的科幻作家們

黑喜（彭啓東）　亞洲首位科幻未來學家、趨勢觀察者

文化與生活品質，現在多數人都可以用平易近人的費用取得，文創產業也隨之發展蓬勃，另外大時代與科技進展，我們能使用的工具與文化素材也越來越多，這時代的創作者相當多元，每一個多元都代表著人們的某一種需求，創作者的定位也就相對重要，我身處在各種創作領域之中，理解到所謂的創作者就是創造價值的人，不同的創作者意味著滿足不同需求的人，那二〇二〇年後這幾年需要什麼需求呢？

二〇二〇到二〇二二年，我們看到疫情的來襲、美國民粹政治及以政治分裂、全球AI與5G的進展、人口高齡化的社會變遷，以上種種都成為了我們這次的《薛丁格的社會2變異宇宙》所探討的四種議題，透過小說家的奇妙轉化，將生硬的議題成為有趣故事，方法就是把故事世界觀拉到與我們現在有些距離的位子，再由故事中主角的奮鬥過程，享受故事的樂趣。

這本小說的起點是我在二〇二一年開啟的一個計畫「前瞻星新計畫－IP出版培訓營」，根據《薛

丁格的社會》科幻小說的文化部補助計畫的延伸，計畫內容是研發跨領域創作方法，並出版《薛丁格的社會》小說。經過上次的經驗，這次以出版為目的開班，屬於跨領域的文學創作，採用業界未有的創新方法，將未來學、設計思考、編劇敘事思考結合，形成一套從主題研究到創作故事的新流程。過程當中將作家們組成團隊，先是提出自己想要處理的主題、議題或問題，經由集體相互激盪，產生至少五十多個點子，在由作家本人選取想要的進行創作，並獨力書寫完成自己的小說。

結合未來學家的「未來思考/未來學」與編劇作家的「編劇/敘事思維」，會產生什樣的故事呢？本短篇小說集有以下四篇故事，《AI教誨計畫》、《安寧島之春》、《我的薪水你決定》、《瘋狂體驗營》。《AI教誨計畫》將議題鎖定在AI的監獄應用，未來的AI將會如何協助人類？監獄中的教誨師一個要帶百位更生人，根本沒有時間照料。《安寧島之春》講述超高齡化社會將以什麼樣的方案協助年長者有尊嚴的活著？是帶著輕鬆詼諧的故事調性，讓讀者不感沉重。《我的薪水你決定》的故事中問了一個問題，公務員的薪水全由人民決定，那會怎麼樣呢？《瘋狂體驗營》描述未來的情緒教育，經過AI的幫助下讓學生可以學習正確的方式表達情緒，無法通過考試就無法在高中畢業。以上作家提出了一個與現在不同的變異社會，思辨現在的問題，最後這小說有什麼價值呢？如果我是讀者，對於我而言，可當作平時休閒觀看，或是當成思考議題的教材。對你而言如何，就等著你翻書來探索囉。

AI教誨計畫——在未來的世界裡，用科技培養出希望的花

遠拓律師事務所　主持律師　張菀萱

也許是來自實務界的緣故，個人對於實用性小說有高度的興趣，所謂實用性小說在我的定義裡即是對於社會現狀或爭議，能夠提出獨特見解或解決之道的小說。

多年的執業生涯中深切體認到，犯罪的發生很多時候是源自於社會問題與心理問題，倘若任犯罪者自行蔓生於黑暗的角落，最終是整個社會要去蒙受那危險的反撲。有句感化教育的名言是「如果你用對待野獸的方式對待人，那麼那些人真的會變成野獸（if you treat people like animals, they become animals）」，傳統概念的獄政強調懲罰與應報，然而惡劣的環境和粗暴的管理與囚犯間的暴行，只會讓必須在其中尋求生存的收容人走向以暴力壓制暴力、以惡行超越惡行的途徑。

然而在教育刑逐漸成為共識的前提下，又要怎麼解決實務上教誨師人力不足、經費短缺的現實？另外，獄中教誨與心理治療，長期以來都有性效比低、不夠精確且容易被熟悉制度者惡意利用的問題，再者，我們的財政容許多少經費用在收容人的教育之上？於社會福利未臻盡善盡美的今天，又會不會

形成對其他奉公守法族群的擠壓？以及強化受害人的被剝奪感？另外，這樣的預算投入，能有多少的回報？

在「AI教誨計畫」這部小說中，作家提供了方法，並設計出一個客觀精確的階段式評估，讓受刑人從被標籤化、制度化的客體，回歸人的主體性，對自己負責，正視曾經的錯誤，並作出彌補，最終找回人的價值與尊嚴。

小說中令人驚艷的是作家將被害人加入體系中對話，「犯罪行為中受傷最深的被害人，在刑法與矯正體系中不再缺席」，是多年來呼籲重視被害者權益的團體，再三提出的重要訴求，也是監獄學校化、監獄人性化管理的趨勢中，被害人因為在刑法體系中位居被動地位而常感受被遺忘與被剝奪的一種衡平，尤其，此處作家對被害者生理方面的巧妙設定，用以烘托被害人的主體性與主動權，令我非常感動。

另外還有一些小小的地方我自己由衷喜愛，所以反覆翻看叩問：像是對犯罪者的稱謂，有犯人、受刑人和收容人的不同，在在反應出不同角色內心的立場；還有，什麼樣的悔悟是為真正終極的悔悟？無非是將曾經傷害過的人的福祉，遠遠置於自己的需求之前，即便是犧牲個人的人生也在所不惜。此外，展望不久的未來，當科技的發展來到極致，AI是否終會取代人類？還是人類仍將以其心靈與情感而獨特存在?再者，一個計畫真正的成功是取決於表相數據，還是計畫中人真正的改變?

薛丁格的社會2中，尚有因應高齡化社會所提供的安寧島設計與以國民作為公務員考績評分者的嘲諷小說，還有為青少年情緒管理所舉辦的體驗營，再再呈現出透過未來學的遠見、分析與統合擘劃，我們可以走向一個更好、更文明的未來。

就如同我自己深信，科技始終應該是為宇宙、世界和人類更深遠的幸福而存在。

作者介紹

《AI教誨計畫》作者：端木寬

出走半生，終於明白生命來到此時此地，必然有她的原因和天命，離開瞬息萬變的科技圈、五光十色的外商和運籌帷幄的法律領域，回到自己，正視此生所為何來的課題。

謹以尼采的這段話，鼓舞正處於孤獨狀態中各種類型的創造者，「如果世界上有一條唯一的路，除了你之外，無人能走，不要問它會通向何方，走，便是了。」

個人檔案：https://www.facebook.com/DuanMuKuan

《安寧島之春》作者：機械狐獴

南臺科技大學機械工程系學士、世新大學社會心理學系碩士，研究興趣是科技與社會。目前一邊從事科普寫作工作，一邊學習撰寫小說與劇本。試圖用非學術的方式，來訴說科技物與人類兩大物種之間的愛恨糾葛。機械狐獴這個筆名來自虛構機器生物機械哥吉拉，以及本人第三喜歡的動物。

《我的薪水你決定》作者：Nicole

中文系的畢業生，當身邊的同學們畢業後紛紛投入教職、出版、創作領域，自己則因緣際會進入了工程業。離開了文學、創作許久，突然想重新提筆寫點東西，於是有了這次的創作。

《瘋狂體驗營》作者：青山有思

我，喜歡閱讀、看電影、追劇、追星和作夢，本身不愛出頭，總秉持老二哲學闖走天下。興趣廣泛，喜歡學習，也力行活到老學到老的積極。遭遇失敗會用力安慰自己「人生時時都能重來」，努力把握當下。善於組合文字與情境，中西方文學皆有涉獵，喜歡古典詩詞、翻譯小說，也愛心靈療癒、靈性成長知識的涉獵。學過編劇，寫過電影劇本，學過作詞作曲，也能寫小說與網文。一邊做著味同雞肋的工作，一邊努力產出學術論文的筆耕苦主。目前最大的目標就是斜槓翻轉自己的人生道路，意圖在文字工作上成功轉職當碼農。

目錄

AI教誨計畫——端木寬

二〇三〇年跨年夜，台北城中到處充滿著即將過節的氣息，位於城南的一家便利商店內，店員正忙著為倒數後馬上就要來臨的人潮補貨，此時，電話鈴響。

店員小跑步去接，並以開朗的聲音報告著，「店長，差不多都準備好了！」

但是電話裡卻傳來一個陌生男人的聲音：「叫店裡的人都出去，不想死的話馬上都出去！」

店員嚇得臉色慘白，男人的聲音雖然沒有聽過，但有著一種絕對不是在開玩笑的訊息。他環顧店內，還有好幾個客人，情急之下只好放聲大喊，「有炸彈，大家快跑！」

人潮火速淨空。

店員立刻按下門鎖，抓起手機，轉身往倉庫後門跑。

緊接著有輛車緩緩的停在便利店門口，在四面八方傳來的倒數聲中，一個戴著安全帽的人從副駕上下車，往店內掃射，玻璃迸裂一地，作案的車則迅速駕離。

****

二〇三一年二月，立法院院會一開議，法務部長任清洋和他的左右手矯正署副署長文曉光，就因為監獄過度擁擠導致受刑人間產生摩擦並有人遭到霸凌致死的案件，被釘得滿頭包。質詢結束後，兩人正安靜的從後門快速進入發動中的座車，卻被敏銳的示威人群發現，人們將車子團團圍住，不斷的舉牌高喊：「落實監獄教化功能！精準假釋決定！降低再犯罪率！終止監獄超收！杜絕獄中霸凌！」

文曉光好不容易關上車門，正要喘一口氣的當下，一位淚流滿面的婦女突然貼近車身，猛烈的拍打車窗，文曉光見狀趕忙也拍著椅背對司機說，「去賴博士那，快！」

座車在人群中艱難開道，任清洋背靠座椅，閉著眼睛，一臉疲憊。

對於學弟部長的愁緒，文曉光十分了解，他寬慰道，「那些委員整天喊監獄超收，又不同意我們編列經費，現在受刑人那麼多，不蓋監獄難道是要住民宿啊！管理人員又怎麼會夠？都十幾年沒增員過了，還是乾脆叫那些根本沒有小孩教的學校老師來監獄教？真的是坐轎的不知抬轎難，又要馬兒好又要馬兒不吃草。」

任清洋聽了以後心情和緩了些，開口道，「不過，他們也沒說錯，『沒有正面效益的預算不通過』，照老方法做，受刑人只會越關越壞、監獄也只有越蓋越多，我們還是要朝人性化、科技化的方面來轉型，倒是賴博士的 BOT 到底好了沒有？都已經兩年多了！」

車行進入科學園區知名的超偉大樓，地下室已經有人恭候多時，賴博士旗下的工程師帶著任清洋和文曉光搭乘專用電梯上13樓。

電梯門一開，超偉AI研發中心的首席科學家賴博士和矯正署借將來的教誨師蘇殊，一起站在電梯門口迎接。五人進入明亮的大會議室，橢圓形會議桌上，剛才指著任清洋和文曉光鼻子破口大罵的在野黨黨鞭姜慶誠已經早一步到達，三人握手寒暄一陣，燈光暗下，簡報隨即開始。

微光中，賴博士的手指在桌面上俐落滑動，一個看來像實驗室的3D立體建築藍圖浮現，「整個AI教誨計畫，包含了硬體的智慧監獄園區與軟體的AI教誨師系統兩大部份，都是奠基於本中心專長的演算法。尤其是世界首例AI教誨師的研發，可以解決長久以來監獄體系中，教誨師所面臨的『以一擋三百』、甚至『以一擋五百』的困境，AI教誨師會依據我所獨創的四階段再犯模型，為犯人進行心靈改造，一旦判定該犯人出獄之後的再犯罪率降到10％以下，就會出具終局報告，給予假釋，服刑時間長短不再是刑罰重點，我們著重的是犯人是否已達感化目標。」

任清洋沉吟了一下，指示道，「這個計畫茲事體大，我預期保守的法界和民間都會有很大的聲音，如果要成功，測試對象很重要……」

文曉光明白任清洋的顧慮，他委婉闡明，「長官的意思是，方向是對的，但如果要達到政策宣導效果，那必須是十惡不赦的重刑犯，但同時又有教化可能。」

「到底要怎樣知道有沒有教化可能？」姜慶誠看著教誨師問道。

「能不能教化要看收容人的心是不是還有善良的火苗，人的行為都是一連串心的選擇所造成的結果。」蘇殊回答。

黨鞭對這樣抽象的話感到有些不耐，「我想會犯罪的本來就不是什麼好人，可是如果說表現得好就可以提前假釋的話，那應該都會好好配合。就找一個重刑犯、頭腦聰明一點的來操作，應該就可以有效果。」

賴博士微微一笑、右手一揮，數百名受刑人的大頭照浮現。

他的聲音充滿自信，「科學不走捷徑，我們讓數據說話。我會從全台各監獄遴選合適的犯人來接受測試，在實驗對象的選擇上，兼顧普遍性與指標性，普遍性方面，從矯正署統計的十大入獄罪名著手，挑出煙毒犯、公共危險犯和竊盜犯等數百名；在指標性個案上，則從重刑犯中選擇殺人未遂的邱俊國進行使用者觀察。」

「為什麼是他？」任清洋問。

賴博士自負的笑了，「因為他是『準生來犯罪人』，血液裡有天生的犯罪基因，又成長於原生的犯罪環境，兩者交互作用下，具備高再犯風險，也就是傳統上認定的『低教化可能性』犯人，我要用他來證明系統的優越性。」博士扣擊指節，發出清脆的聲音，在眾人驚愕的眼神中結束報告。

****

二〇三一年三月，倘佯在碧波蕩漾裡的綠島，像一隻伸展中的海上飛鼠，被剛剛升起的溫暖日出所籠罩。

島上素有「臺灣監獄最後一道防線」的綠島監獄旁，以一棟白色建築物為主體所形成的園區內，昨天剛檢入的邱俊國在病房般的單人囚室裡猛然醒來，並不是第一次進監獄的他感到一切都不對勁……

不明原因的從台東監獄被提帶到富岡漁港搭乘警備船，然後在綠島的南寮漁港上岸，一路上沒有看見其他受刑人，戒護人員則不管怎麼詢問也都依然三緘其口。從警備車下車後，直接進入一棟不像監獄的白色建築，並且進行了像高級健檢一樣的全身精密檢查，抽完血後，被打了一針，接下來就是在這個房間醒來。

室內對講機開始播放音樂，一個安定溫柔的女性聲音說，「歡迎來到智慧監獄。」接下來便要他站在舍房門口的鏡頭前，藍光掃過邱俊國的臉，門鎖開啟，試探性的踏出門外後，對面牆上浮現箭頭指示，邱俊國順著引導的箭頭，同樣以刷臉方式通過中央監控走廊和工作中央臺前的兩道鐵門，進入工作中央臺，邱俊國四處張望，臺中空無一人，耳畔響起同個聲音，「列車進站。前往照護工場。」

邱俊國刷臉打開閘門，進入智慧監獄的園區接駁車，途中他發覺自己穿的竟是被捕時的衣服，來到照護工場站，月台上的帶路機器人將他帶到一個像是頂級 Spa 的小屋前，安定溫柔的聲音告訴邱俊國，這裡是智慧醫院，H小屋裡的病人全都是植物人，將由他負責照護。

邱俊國熟能生巧的刷臉進入，眼前的環境高雅而富有禪意，各具隱私的床位巧妙安置。邱俊國眼明手快的數了一數，竟有十床之多，他不自覺的低聲說了句：「媽的！」

此時，獄中的中央中控室內，教誨師蘇殊正仔細的看著邱俊國的一舉一動，並做著紀錄，雖是笨手笨腳但看得出是耐著性子、小心翼翼的學習著床邊螢幕上浮出的專業理療師影像，努力的做著翻身、抬腿、按摩等動作，額頭上的汗珠隱隱浮現。

蘇殊的身旁站著的是已經調派綠島監獄擔任典獄長的文曉光，賴博士正在對長官說明：「人性化的各種智慧監控，可以大幅提升監獄安全，減少管理人力，戒護人員不必再深入監舍提帶，也可以減少被攻擊的危險。另外，犯人多半有好逸惡勞的特質，所以從一入獄起便安排在照護工場擔任長照工作，一方面補足長照人力缺口，另一方面也可以培養耐性，及早訓練一技之長。」

文曉光點點頭，「這樣，在專業上可以嗎？」賴博士笑道，「智慧醫院的各種儀器設備都已經數位化，病人全部的生理數據會直接匯入系統，由長照中控室監控，受刑人負責的是最基礎但每天要重複做的體力活。」

蘇殊也輔助說明，「照顧病人在教育上有它的意義，就好像讓小孩照顧寵物的道理一樣，會培養出責任心和成就感，這兩點是一般收容人最欠缺的。」

文曉光看了半晌又問道，「會不會有危險性？這些都是植物人，有狀況沒辦法反應，男護士猥褻女病人的事情不是沒有發生過……」

賴博士知道獄方一定會有此顧慮，耐心說明：「邱俊國昨天已經植入AI教誨師系統晶片，我們程式設定的前提是不得傷害人類，犯人一旦圖謀不軌，行動的第一瞬間AI教誨師馬上就會癱瘓他的身體。」

黑暗中，文曉光鬆一口氣的點點頭。

這一天，病床旁的輸送管分次送下早餐與午餐，一次是煎肉三明治和罐裝咖啡，一次是燕麥奶與生菜沙拉，到了傍晚時分，已經工作了一天的邱俊國由機器人帶領，循原路回到舍房。

吃過了輸送帶傳送到出餐口的青背魚晚餐和味增湯，送回餐盤後就無事可做，邱俊國環顧四周，只有基本物品的純白色房間令他感到陣陣焦慮，除了自己移動的聲響外，一切靜謐無聲，一點一滴的寂寞感漸次包圍上來。

****

中央中控室內，邱俊國正在大螢幕上不斷來回踱步，蘇殊緊盯著旁邊小螢幕的柱狀圖：心跳次數、交感神經活躍度、可體松、腎上腺素等內分泌量正在節節上升，她面露擔憂和不快的提醒賴博士說，「收容人快到臨界點了！」

「七天！超乎我預期！一般犯人沒這個抗壓性，大部份一小時不到就達到崩潰閾值了！」賴博士翻看著螢幕上其他受刑人的生理數據。

「我不認為有誰會在明明知道有人監視的情況下，還去跟機器講話？你要知道，這些受刑人他們平常很少彼此聊天什麼的，要有的話就是剛進來跟要出去的時候，給對方知道裡面規矩和問問出獄要做什麼而已。」文曉光說。

「那是為了要避免衝突或麻煩才選擇沉默。現在不同，哺乳動物的大腦，天生就是被設計成渴望與他人互動，所以在長時間被孤立的情況下，會出現像藥物戒斷的痛苦，這個時候跟人講話就像是痛到快崩潰的時候突然被打了一劑嗎啡一樣，疼痛馬上緩解，就算知道有人監聽也沒辦法在乎。」賴博士詳細說明。

「我們拭目以待吧……」文曉光話還沒說完，只見螢幕上的邱俊國突然大步衝向對講機，「喂，有人在嗎？現在幾點？接下來要做什麼？已經好幾天了，你們到底想幹嘛？」

過了一會，溫柔安定的聲音回答，「我在。」

邱俊國激動不已，「妳在哪裡？」

「相談室，你可以過來。」

中央中控室內，賴博士將畫面轉往相談室，黑暗中可以看見好幾位收容人的影像浮在空中，正與不同形象的AI教誨師在各自的小隔間裡，進行視訊談話。

「博士啊，這簡直是真人網紅直播啊！」眼前的這一切遠遠超出文曉光的期待。

「他們都是超級擬真的數位成像，再加上個人化的憶念元素，所以犯人很容易在不知不覺間打開心房。」賴博士輕輕一點，一位四十多歲的女士照片浮現，「這是沈亞真老師，二十年前教過邱俊國，也是他有限的求學過程裡最喜歡的老師，邱俊國從小翹課，在她的班上卻拿過全勤獎，Mia 就是以她為原型去設計的。」

「Mia 有辦法做深入的開放談話嗎？」蘇殊問。

賴博士點頭，「我們的AI教誨系統全數導入自然語言處理演算法，Mia 會學習對邱俊國最有效的溝通模式，包括用詞、語調、邏輯，犯人會完全以為自己是在跟真人講話。」

邱俊國跟著指引箭頭來到相談室，在小包廂內坐下，柔和的燈光、舒緩的音樂和包覆感十足的空間，都讓他感到隱密安全。

小桌上有一塊直立的玻璃屏幕，正流轉著迷人的光影，邱俊國將臉靠近，並從浮現的應用軟體點選了「相談室」，螢幕上出現了一位看起來令他感到舒服安心甚至可以說是想念的年輕女性的臉龐，邱俊國愣住了，移不開眼睛。

「你好，邱俊國。」確實是溫柔安定的聲音！

「妳可以叫我阿國，我看過妳嗎……要怎麼叫妳？」邱俊國還有點怔忡。

「你可以叫我 Mia 老師，我是你的個人教誨師，有什麼問題都可以問我。」

「這裡是監獄嗎？」

「對，是特別監獄，但其實它更像是一所學校。」

「所以沒有號碼、不用穿制服？」

「對。你是因為觸犯刑法所以失去自由，但在這裡做為人的基本權利不會被剝奪。」

「這裡……只關我一個？」

Mia 老師輕輕微笑，「當然不是，這裡大概有三百個收容人，為了避免互相干擾所以把你們隔開，情況穩定之後你可以見到他們。」接著她降低聲量，「阿國，有些事情我要及早讓你知道，這個監獄不是關到時間到了才出去，而是誰先通過四階段測試，誰就可以申請假釋出獄，所以每個人都在跟自己比賽。」

「那要怎麼通過？」邱俊國既吃驚又茫然。

「首先，遵守作息，把照護工場的工作做好。每天五點起床，用餐，早上六點到下午三點是工作時間，四點吃晚餐，之後到九點半是你的自由時間，可以在房間休息、運動，也可以來相談室找我聊天或上網、看書，以後這邊也會陸續開一些課程給你上。還有，一定要記住，無論發生什麼事，絕對不要逃跑，因為不但跑不掉，還會被送回普通監獄，失去這個寶貴的機會！」

邱俊國靜默的看著 Mia 老師，點點頭。

接下來的幾周，因為替十個病人逐一翻身按摩其實在時間的分配上不是很足夠，邱俊國總是快速的解決早餐，申請提早到H小屋開始工作。他已經相當熟悉整套復健按摩流程，不再像之前一樣需要緊盯著螢幕，有時甚至可以和病人說說話。

這天夜裡，邱俊國一如往常來到相談室，他的神情有些黯淡。

「怎麼了？」

「沒有啦，植物園的菜少一顆。」

Mia 老師點點頭，她知道邱俊國是在以自己的方式表達悲傷。「你和『那顆菜』很熟？」

「也沒有，只是大白菜……都是我在顧的……搞什麼我完全沒覺得她有狀況……」邱俊國很懊惱，他口中所謂的大白菜是一位高齡植物人。

「阿國，大白菜是不是讓你想到你阿嬤？你說過，第一次跟警方交手的年紀是五歲，因為陪阿嬤去買菜偷旁邊人的錢包。」Mia 柔聲問道。

邱俊國聽了有些尷尬，「那次其實是我阿嬤拿的，我爸他們那時都在關，我媽也不在，她是想買東西給我吃，後來人家叫警察來，我怕她被抓，只好亂講。」

「你說的他們，是誰？」

「我兩個叔叔和小姑姑。」

「那之後你還被抓過幾次？」

「連這次五次，小時候都是拿一些簡單東西啦，主要是給我阿嬤和自己吃，後來我阿嬤走了，搬去和我媽住，不習慣就翹家了，才又偷。其實出社會以後本來都不想再犯事了，沒想到還是逃不掉……」

Mia 老師沉默了一下，「阿國，如果說缺錢的時候很難不犯法和需要人盯著才會認真工作，兩個一定要選一個比較對的，你會選誰？」

「缺錢的時候很難不犯法吧！」

「為什麼？」

「因為快啊！妳呢？」

「需要人盯著才會認真工作。」

「為什麼？」

「因為不管怎麼樣，犯法絕對不是個選項啊！」Mia的聲音藏不住批判的意味。

「這可能就是你們『上流社會』和我們底層人民的不同吧！」邱俊國伸手關掉相談室，起身大踏步走了。

中央中控室內，蘇殊非常生氣，「她在幹什麼？」

賴博士不疾不徐，「在做矯治服務量表、性格測驗量表，收集相關資訊，然後根據加權輕重評估再犯可能性。」

「但是邱俊國以為只是在聊天。」

「所以答案才真實。」

「你把他家裡的資料放進去了，這樣再三呈現所謂基因和環境與犯罪的必然性，會不會造成AI教誨師分析時的偏見？」

「不會，機器是中立公平的。人，才會有偏見。」

「對，但是人可能把偏見放進機器裡。博士，不要忘記你發明這套系統的初衷是要證明教育的力量，世界上有些東西無論如何是無法量化的。」

此時螢幕上與印表機同步傳來Mia剛剛完成的報告，詳實的文字紀錄後是一張圖表，上面呈現的是：矯治服務量表、性格測驗量表及第一階段評估：再犯率：80％　確信度：98％

蘇殊盯著賴博士一語不發。

賴博士嘆了一口氣，決定投降，「這樣吧，我會把每個AI教誨師都裝上資料紀錄器，讓形成假釋結果的每一份分析資料都有跡可循，這樣可以了嗎？」

蘇殊才終於點頭微笑。

****

入夜以後的潟湖沙灘在燈塔的照拂下顯得寧靜而溫暖，這裡是蘇殊的私藏祕境，心情好或不好的時候，她都會赤腳在這片閃著點點晶光的貝殼星砂上漫步。

她來到某人等待的巨型岩石旁，賴博士輕輕握住她的手，充滿關切，「怎麼了？」

「沒什麼，只是覺得自己能力不足，這一路的專業訓練好像沒有用武之地。剛才邱俊國和 Mia 的互動比起之前和我真的好太多了，看來，我『小丙』老師這個稱號可不是浪得虛名。」蘇殊拿自己考績丙等的事自我解嘲，接著回憶起在台東監獄輔導邱俊國的情形：

知道無辜民眾汪曉珉因為困在便利商店內被流彈波及，重傷昏迷醒來後變成植物人，邱俊國在態度上就變得很消極，只是反覆的說給我判重一點就可以了，不必上訴。從看守所時期就這樣，不只是對我，對公設辯護人也一樣，但我們都覺得檢方用不確定故意普通殺人罪來求刑太重了，雖然是掃射，但畢竟邱俊國有先給便利店警告，開槍時也確實是以為店裡已經淨空；另外，植物人也不等於死亡既遂，和殺人終究是有差距，所以一直想幫他，但是到後來他連開口都不肯了……

賴博士摸摸蘇殊的頭，「對自己公平一點！邱俊國和 Mia 已經每天三小時、鉅細靡遺的談話三個月，你一年至少要帶三百個犯人，每個人多久才輪一次講話？一次又能講多久？還要扣掉建立信賴的暖身時間吧！在人員不增加的情況下，你要怎麼贏過機器？更不要說還有其他行政庶務……另外，小丙的稱號，是你不肯辦大型團體教誨課去衝考績的結果，跟能力根本無關。」

蘇殊苦笑了一下，「謝謝。對了，你知道我一路以來所提的建議，都是為了使這個 BOT 案更好的吧？」

賴博士點頭微笑，「這點我一直很清楚。」

「說真的，如果可以使收容人順利回歸社會，我其實會非常開心，就算被機器取代，我也能接受。」蘇殊往前走了幾步，又回過頭來，正色對賴博士說：「還有，試試看叫他們收容人好嗎？改變稱呼也會改變你對他們的想法，就好像假裝快樂，最後會真的變快樂一樣。」

賴博士看著眼前燈塔照耀下的正義女神，苦笑著點頭了，「受刑人，我的底線。」

******

時序來到盛夏的七月，除了先前的經絡按摩，邱俊國已經對智慧醫院的整套設備都很上手。這天醫院將為病人進行疫苗注射，邱俊國在前一周的每個夜裡，都慎重的上網研究好幾個小時，還報名參加線上課程。

但是隔天從運送機器人的托盤上拿過針劑時，他依然緊張不已，邱俊國先模擬了好幾次自行注射，接著屏氣凝神，仔細看著螢幕上醫師的示範和投射在病人手腕上的紅色圈圈，邊對他的「蔬菜們」詳細說明，「這是一種沒有針頭的泡泡槍，只要把頂端對準我們手上的小紅圈按一下，玻璃管內的藥被雷射一加熱，就會跑出一個泡泡，把藥在千分之一秒的時間內，用時速100千米的速度射進我們皮膚的膠質層裡，我保證不會痛，就像印章蓋在手臂上一樣。」

中央中控室內，蘇殊靜靜的望著邱俊國一床一床不厭其煩的說明安撫，嘴角泛起由衷的笑容。賴博士則邊看著Mia的報告邊說，「這個禮拜從知道要做疫苗注射起，每天研究泡泡槍安全性、疫苗副作用、連Mia推送給他的關於昏迷、癱瘓、植物人、腦麻情況的專題研究也全都來者不拒……還做摘要，難道是想要報考醫學院？」賴博士也笑得開心。

這天晚上，邱俊國在相談室上網研究照護新訊時，Mia的聲音在耳畔響起，「阿國，我是真的覺得你如果成長在不同的環境，一定會很不一樣。」

邱俊國停下搜尋，打開AI教誨師軟體，Mia的臉龐立刻浮現，「阿國，其實，我一直想向你道歉，我沒有考慮到人有的時候能有的選擇很少。」

「我也道歉，選擇很少本來就不是犯法的藉口，但我不是因為這樣才不找你講話，是我不懂的事情太多了，有太多要學，時間不夠用。你知道我通過假釋以後，最想做什麼嗎？」邱俊國兩眼放光。

「我想我應該知道。我猜『他』也會很高興。」Mia 的聲音裡都是喜悅。

這時候平台上顯示 Mia 收到邱俊國送的一朵花，她輕聲說，「謝謝！對我來講這很珍貴！」

邱俊國開心的笑了，「因為是用很慢但很乾淨的勞作金斗內的。」一時間整個相談室充滿笑聲。

同一時刻的中央中控室內，螢幕上正跑著 Mia 對邱俊國的今日資訊整合，並且不斷的交叉比對著：

2031/06/08, Google 搜尋數據：2031/07/08, 17:30:33 台北市植物人長照中心一覽表、各長照中心照片、衛服部長期照顧服務機構設立標準總說明、長期照顧服務法、長期照顧服務機構設立標準

臉書資料數據：2031/07/08, 19:30:33 康健安養庭園；Like；邱俊國評論：環境非常好；陳廣名：停留時間 2 分鐘；林興文：停留時間 5 分鐘

推特資料數據：2031/07/08, 20:00:33 博格醫師，追蹤最新營養學新知；臥床病人常見營養問題

亞馬遜購物平台資料數據：2031/07/08, 20:30:33 流覽鬧鐘（申請獄方代購）；流覽期刊（長期照護專業雜誌，委請獄方代訂）

Line 通訊內容分析：2031/07/08, 20:38:10-20:45:11 通訊對象：林興文、陳廣名；關鍵字：照護訓練；物理整復

Youtube 資料數據：2031/07/08, 21:00:33 如何照護植物人、避免褥瘡？如何與病人溝通？植物人是否仍有知覺、痛覺？

Instagram 資料數據：2031/07/08, 21:28:33 辣女孩

本日小結：邱俊國正在為出獄後的長照事業做知識方面、場所方面的準備，並要求昔日部屬林興文、陳廣名去接受不同的教育訓練，代表受刑人對未來開始規劃並有執行力。鬧鐘為購買的第一件物品，顯示相當珍惜時間。影音娛樂（辣女孩）為關機前1分鐘27秒，表示受刑人具有自制力。

再犯率：40％ 確信度：98％

文曉光非常讚嘆，「這簡直比前蘇聯的KGB還要厲害啊！」

賴博士微笑了一下，「確實如此，我們允許邱俊國自由上網，讓受刑人自然呈現生活中每一方面的數位資訊，再把這些搜尋資訊、照片、文件、停留時間長短、通訊軟體內容、點擊的廣告、按讚的屬性、追蹤的對象不停的跟其他資訊配對，只需要一段時間，AI教誨師就可以比邱俊國更了解邱俊國，比邱俊國更知道邱俊國要什麼。」

賴博士點開邱俊國在相談室的螢幕畫面，「有了對這個人的深入了解後，我們進行資料驅動，Mia用受刑人所有的數位資訊當作原物料，設計出對邱俊國有致命吸引力的各種標題、圖像、客製化內容，藉由看似自然的、隨機的反覆投放，來改變邱俊國的行為，具體化邱俊國的人生規劃，強化他的信念。」

文曉光看看蘇殊，「那這個是不是等於洗腦？」

蘇殊搖頭，「不是，因為起始點是收容人自發的，是邱俊國對病患的關心，對自己的要求和對

『他』的愛。」

文曉光又問，「你們講的那個『他』到底是誰？」

「陳孟龍，龍哥，邱俊國的義父。邱俊國和 Mia 在相談室中提過，比起一直進出監獄的生父和會打他的繼父，龍哥才像是真的爸爸。邱俊國國中的時候翹家，被龍哥吸收，因為有龍哥，邱俊國的繼父才不敢再對邱俊國的媽媽施暴。龍哥去世的時候，把公司交給邱俊國，雖然是一家不良債權整合公司，但自己本身的財務狀況卻非常不良，照理說應該解散，但龍哥的手下大部份是跟隨龍哥多年的老人，邱俊國應該是為了這些沒有去處的人才接下公司，之後也只好一路討債下去。」蘇殊回答，Mia 的報告她都一一讀過。

****

暑假來臨，燦爛的陽光和穩定的海風為島上迎來了旅遊的旺季，邱俊國在每天的通勤中都可以看到整個島上充滿了歡笑和活力，所有的人都各司其職、兢兢業業的努力生活著。

曾經的白色恐怖早已不再，如今這個島變成潛水家的天堂，看著不遠處沙灘上的人群，從小在海濱長大的他，回憶著碧波逐浪的快樂，感到過去的種種彷彿也終於過去，他有一種前所未有想要回歸社會、重新開始的強烈渴望。

邱俊國心情愉快的來到Ｈ小屋，他一一檢查病人的健康手環，確認心率、血壓、血糖以及其他生理信號，是否處於正常監測和傳輸狀態。接著他將病人昨天拍攝的斷層掃瞄放進3D精密掃描儀，啟動AI輔助判讀，以便將AI認為有疑問或值得注意的片子，傳送給醫師進行遠端診斷。

然後邱俊國開始一床一床的著手日常按摩整復，並且佐以精心準備的時事、笑話、趣聞。

他來到「紫蘇葉」的床邊，看著床前的名牌，顯得非常高興，「林嘉惠，剛剛醫生說妳的腦部造影很不錯喔，很快會開始做一些腦機實驗，她認為妳有可能可以聽到、看到、感覺得到周圍的一切，只是妳的意識被鎖在身體裡面，如果真的是這樣，妳要給我一些訊號，我一定會想辦法把妳救出來。」

因為罹患小兒痲痺症，「紫蘇葉」的右腳比一般植物人萎縮、變形的更嚴重，邱俊國一邊做和緩的拉伸，一邊說，「林嘉惠，不過我還是喜歡叫你紫蘇葉，欸，你知道自己的腳掌心有一個像紫蘇葉一樣的胎記嗎？話說回來，紫蘇葉，我們都知道，腦子對人類來講，比身體更重要，更能代表我們自己，只要腦子還在動，我們就還活著，也就有恢復的希望，妳要跟我一樣，常常想好以後要做什麼，這樣就越想越有力氣，知道嗎？」

此時的中央中控室內，賴博士和蘇殊邊聽著邱俊國對「紫蘇葉」的鼓勵，邊讀著Mia傳來的智慧醫院報告，邱俊國所照護的病人，近半年來全數病況穩定，又因為照護得宜，全身並無褥瘡或其他臥床易生的皮膚問題。

Mia本日小結：照護動作細心確實、主動吸收專業新知，護理態度充滿關懷。

再犯率：30％　確信度：98％

時序來到東北季風盛行的深秋，這一天邱俊國剛吃完晚餐，Mia老師便請他過去上課，出了舍門，他發現動線改變了，沿著箭頭指示，來到一間像是教室的地方，寬敞的空間裡面有好幾排如同小型透明倉庫般的房間。

Mia老師在邱俊國耳畔說，「你的是8號。」邱俊國找到8號，推開門，門內有一張扶手椅，椅子上放著一個頭盔和一套看起來像是果凍般的特殊材質膠衣。

「阿國，請穿上裝備，然後坐下戴上頭盔。」Mia老師說。邱俊國套上衣服，坐下來的時候，「同學們」也都陸陸續續到了。

一戴上頭盔，邱俊國就發覺自己置身在一間似曾相識的便利商店，店裡面人很多，有一種興奮感在空氣間流動。「聽說今年的跨年煙火是請蔡大慶專程從紐約回來設計，而且今晚天氣穩定又沒有風，待會一定超美的！」身邊的人們氣氛熱烈的彼此交談。

原來是為了因應待會散場的人潮，難怪貨架補得很滿，連走道都堆得一字排開。然後電話鈴響了，接著聽到店員驚慌失措的喊，「有炸彈！大家快跑！」

人潮瞬間清空了，只剩下自己和店內歡樂的背景音樂，邱俊國好不容易從貨架低層掙扎起身，很奇怪的發覺自己不知道什麼時候竟然腿腳不方便，手裡還拿著一小包脆餅乾，他拖著病腿趕到門口，發現門已經被鎖住，接著看到一輛很眼熟的車子朝店這邊緩緩開過來，邱俊國直覺不對，趕緊又退回貨架區蹲藏起來。

透過架子之間的間隙，邱俊國看見一個戴著安全帽、很眼熟的高大男人下車，接著槍聲大響，玻璃店門應聲碎裂！一個尖銳的物體自背後高速鑽射進邱俊國的腹部，並從右胸穿出，鮮血如柱般泉湧四濺，他感覺體內像火一般灼燒，撲倒墜地的時候，邱俊國看見那個持槍站在門上的男人正緩緩推開安全帽的防風面罩，而安全帽下的竟然是自己的臉！

邱俊國痛苦的大叫一聲，想拔掉裝置，但發覺頭盔已經被鎖上，他只好緊閉眼睛，可是很快的便感覺到自己躺在整灘溫熱充滿腥味的血泊中，被體內不斷滿溢出來的鮮血嗆到，他漸漸無法呼吸、全身發冷，視野模糊中看見剛才那個店員衝過來叫著自己，最後只剩下失去意識前救護車尖銳的鳴笛聲與快步而來圍著自己的救護人員身影……

像是完全喪失時間感一般不知道過了多久，邱俊國發現自己甦醒過來，但是全身從頭到腳彷彿被塞在狹窄的桶子裡、灌滿水泥，然後被牢牢封印住般完全動彈不得。他想張口求救，但連嘴唇都打不開，反而被口水嗆到全身抽搐痙攣，聽著喉嚨發出自己從未聽過像野獸一般巨大的怪聲，強烈的恐懼、悲哀、不解、憤怒、憎恨和遺憾瞬間全都湧堵胸口，邱俊國在心中吶喊著、命令著、哀求著：假如這個世界上真的有神還是其他什麼的，就立刻讓我死吧！馬上幫我死吧！從小到大我都沒求過你們什麼，一直以來運氣也都很差，就請你們幫我一次吧，全部都用在這一次，馬上、立刻幫我死吧。

中央中控室內，蘇殊看到螢幕上戴著 8K XR2 頭盔、身穿五感實境衣的邱俊國躺在地上一直用拳頭猛力敲打心臟、掙扎著喘氣，急得大喊：「Mia，邱俊國快不行了，馬上停下來！」Mia 尚未反應，眼見邱俊國已經開始抽搐，賴博士火速的切掉穿戴裝置的連線。

邱俊國從鬆開的頭盔中解脫，汗涔涔的坐起身看著周遭同學，前面那位也戴著同樣的頭盔，但身上的衣服與自己並不相同，看起來厚重強韌有如拆彈裝。前面同學的螢幕上是夜色裡一台高速行駛的轎車，車內駕駛看起來醉得不輕，毫無減速的逆向衝進一條巷子，一個過街的中年男人閃避不及，被撞得噴飛老高，發出令人驚心的慘叫和悶沉的骨頭撞擊聲！接著臟器從破裂的身體中噴出掉落，最後整個人像失重般猛然砸向地面，鏡頭停在逝者愕然睜大的眼睛。

前面同學隨著情境發出恐懼至極的驚叫聲和被強烈撞擊時痛苦的慘嚎，還有墜地斷氣前悲哀的嘆息聲，他身上的衣裝也隨之劇烈膨脹、萎縮。

邱俊國再往左前方螢幕看，是一位紋身少女，在驚恐絕望中一再被刺殺。她前方包廂內的影像，是一個男人在自己縱火的現場不慎被烈焰焚身。邱俊國再看向右前方，是一個二十歲上下的年輕人，正被自己的嘔吐物噎死，旁邊的藥丸散落一地。年輕人前面，是一位老婦，髮絲散亂、自責萬分的看著香案上老伴的照片，喃喃說著，「你留給我過日子的錢被騙了，拿不回來，怎麼辦……」來來回回踱步半晌後，走向窗台、站上椅子、垂掛繩索……

邱俊國閉上眼睛，感到無限低落。眼前，是一個由犯罪者所造成的悲慘世界，而自己，則是催生這個悲慘世界的推手之一，這樣的手，有可能將別人被一拳打碎的人生再拼湊回來嗎……這樣的自己，可以忘記以前做過的事，重新打造人生嗎？

此時，一台環體偵測機器人繞著邱俊國的身體轉了一圈，藍光將他緩緩掃遍，紀錄下邱俊國的心率、皮膚溫度、血壓、眼神、瞳孔變化等，Mia 老師的聲音在耳畔溫柔響起，「阿國，累了吧，可以回去休息了。」

中央中控室內，蘇殊和文曉光被眼前的景像震驚到說不出話來。

「這是資料驅動的第二個階段，透過認知智慧處理器 8K XR2 可以將虛擬實境與擴增現實同步呈現，而五感實境衣，則能創造出近乎真實的感受。以酒駕累犯的那個個案為例，我們知道人類的身體在承受超過30個G力撞擊時就會四分五裂，從該案被害人身體和內臟破碎的程度來看，可以判斷他被撞飛時所承受的力道絕不小於30個G力，緊接著整個人再以至少26個G的力道摔在馬路上，還不像我們受刑人的五感實境衣裡有氣囊、背心、關節護具可以保護吸收衝擊力，這個階段的設計目的在使受刑人親身體會被害人遭遇於千萬分之一，所以可以感同身受被害人的痛苦。」賴博士罕見的流露出憤怒的情緒。

蘇殊點頭，但也有些憂慮，「不過，實在是太逼真了，我擔心可能會有收容人有應激反應……」

「不過，能不能真正面對自己對別人所造成的傷害，確實是影響受刑人會不會洗心革面很重要的一環，是應該要包括在評分項目裡。」文曉光語重心長的肯認。

賴博士點頭。

此時 Mia 傳來本日小結：邱俊國之生理數據表現對應其心理反應，呈現出真實之追悔。

再犯率：20% 確信度：98%

當天夜裡，睡夢中的邱俊國突然被高頻的蜂鳴聲驚醒，原本漆黑的舍房燈光驟然大亮！只見隔開自己舍房與園區草坪的那面白牆突然變成360度環景螢幕，邱俊國看見剛才被「酒駕撞死」的那位「同學」，從房間挖出通向草坪的地道，他似乎並不知道這裡無圍牆的設計，其實處處都有多重遠紅外線電子圍籬，眼看「同學」即將跨越草坪與聯外道路的邊際，只見無人機快速飛出，精確的盤旋在他上方，接著連開數槍，「同學」趴倒在地。

360度環景螢幕和舍房燈光同時暗下，一切復歸平靜。

這一夜，邱俊國仰躺床上盯著舍房天花板，徹夜未眠。

中控室內憂心的蘇殊也盯著螢幕，未曾闔眼。

****

接下來幾個月，邱俊國照舊他規律的日常，只是在照護上更見積極，他從期刊論文中發現植物人的腦部應該多受刺激，便向相談室借了十組XR2頭盔，並下載了各種與大自然有關的影音內容，這一個禮拜，安排的是戶外生活。

午休時間一到，邱俊國就笑著說，「放封囉！等不及了吧，我看大家東西都吃得特別快！今天我們從陸地移到海洋，來看『海洋生活—北太平洋環流』。」

他幫「每顆蔬菜」和自己都戴上 XR2：一瞬間，大家便乘坐帆船，來到蔚藍的大海中。

邱俊國邊看著眼前的景緻邊跟「蔬菜們」說，「出去以後我想先去跑船，存錢開長照中心，帶願意跟我的老伙伴一起，再把你們都接過來。怎麼樣，這條航線不錯吧？在金風送爽的日子裡，和溫暖的黑潮一起北上，與親潮相會後，橫渡太平洋，來到北美，北上阿拉斯加再南下加州，然後隨著北赤道暖流回家。」

彷彿看見對未來的美好期待，邱俊國由衷的一臉笑意。

這天晚餐結束，Mia 老師輕聲在邱俊國耳邊說，「阿國，你即將要進入最後階段的測試，記得，誠實做你自己就好。」

邱俊國跟隨著箭頭指示，經過正在經歷各自犯行的「同學們」所在的大教室，來到一個安靜的小劇場，他發現前面已經有一小排「同學」在等待。

「同學們」正在交頭接耳傳遞彼此的「心得」：

「要演很大才會過，我上次看『感同身受』的時候就是這樣，要盡量把感情做出來。」「酒駕先生」說。

「我跟你們講，不是演很大啦，我通過三次測謊機的，是要真的很後悔，後悔到心裡面的感覺騙過身體的感覺，就會過啦，不是做出來是要放出來啦。」「詐欺阿嬤」也說。

「聽龜在嚎（胡說八道之意），你們到底有誰真的有被假釋過？假釋是怎樣你們知道個屁？到時候就是一個人一分鐘，那些假釋官只會盯著電腦連看都不看你一眼就問：『是否已經悔悟？』你就說是；然後他們會再問：『出監後打算如何生活？』你就說會好好生活。重要問題簡單答，不要節外生枝，聲音表情要嚴肅，要過照做就對了！」已經二進一出的「縱火狂」說。

「都快別累了，早上辦的假釋才會過，這跟血糖還有晝夜節律有關，現在是晚上，所以是在呼攏我們的！」「刺刀少女」冷淡的說。

接著彷彿像是試鏡一般，「同學們」一個一個被 call 上舞台，坐上演員椅子，戴上腦機介面，轉身面對「觀眾」，不遠處以人類視角 150 度設計的球型劇場螢幕上，正在以一定速度播放為每個人客製的6D情境影片：只見「酒駕先生」坐在會搖動的椅子上，一會劇烈搖頭、一會滿是憎惡的咒罵自己、一會連連搖手，一會表示認同。

「詐欺阿嬤」則是不論螢幕上具體演示些什麼，都是哀痛逾恆的一號表情。

「刺刀少女」則恆常的瞪視螢幕，一臉不屑。

「縱火狂」則一直等不到那兩個制式的問句。

接著輪到邱俊國上台，他看著螢幕上播放的各種時序不連貫的畫面：打架、照護病人、堂口對峙、簽賭、線上學習、要債、均衡飲食、恐嚇、路見不平、小額捐款、搶地盤、規律作息、最後是龍哥葬禮，邱俊國在強風吹拂、細雨撲面中百感交集，但因為完全沒有辦法用任何方式表達他的感情，所以只是一路沉默。

五個人頭頂上方的腦部造影一直忠實的紀錄著他們腦中訊號區塊的變化。結束時，金馬獎頒獎音樂的主旋律響起，造影板塊呈現出○、○、○、○、X五個符號。「酒駕先生」和「詐欺阿嬤」回過頭去一見符號便露出勝利的微笑，但瞬間兩桶冰塊從天而降，鮮花和金粉則灑在邱俊國身上。

球型螢幕上出現Mia欣慰溫柔的臉龐，她輕聲說，「阿國，恭喜你！」

中央中控室內，賴博士對文曉光和蘇殊說明，「第四階段是經由腦波監控來預測再犯罪率：心靈改造之後，我們導入6D擬真畫面來確認成果，經由腦部穿戴式介面來測知大腦活躍的區域，當邱俊國看到殺人、傷害等犯罪行為時，大腦前額葉區域活動越激烈，越代表他在現實生活中不會去從事；同樣的，看見利他行為時，如果左杏仁核越活化越表示邱俊國有傾向去做它，這樣會比口頭陳述更令受刑人的內心狀態無所遁形。」

此時，Mia的報告傳來，本日小結：目標個案在心理與職業的準備上都足已銜接社會，應執行假釋。

再犯率：10% 確信度：98%

****

西元二〇三二年中秋，銀白色的月光灑滿大地，一艘舢板緩緩從距離南寮漁港不遠處的一個小灣內駛出，來到沿岸黑潮流經之地，停泊。

此時島上盛大的中秋晚會正在進行，任清洋攜手賴博士，向來自世界各國的貴賓們展示AI教誨計畫的實驗成果，他的心情萬分激動，「……在這個充滿紀念意義的人權博物館旁，我們展開了世界首創的AI教誨計畫，結合智慧監獄和為各個收容人量身訂做的AI教誨師系統，將原本再犯率高達80%的受刑人成功轉化至10%！這樣的數據領先世界一流的北歐獄政所創下的20%至30%的再犯率！」

任清洋一一點名致意，「這一切要感謝台東市長克文德獨破眾議出租綠島智慧監獄園區用地、姜慶誠總召跨黨派支持、綠島監獄典獄長文曉光督導有功和超偉公司賴博士團隊的全力以赴。本計畫即將在所有感化教育體系進行全方位應用，同時賴博士也將把AI教誨師系統推廣到國際……」此時，只見文曉光靠近任清洋小聲的說了些什麼，任清洋快速的做了總結，「好啦，我們典獄長都在嫌我話多，那麼我在這裡長話短說，祝大家中秋節快樂，欣賞花火快樂。」

片刻之後，南寮碼頭上已經燈火通明，警笛聲劃破夜空，當海巡快艇找到空蕩蕩的舢舨小船時，打撈作業也隨之開始……

由於監視器錄下邱俊國潛入H小屋帶走植物人林嘉惠的影像外流，輿論像是反轉的風，從高度讚許AI教誨計畫到認為所謂AI決策其實根本就是黑箱作業，一個被評價為再犯率低於10%的受刑人，假釋半年後卻馬上再犯，並且很可能是二度殺人；原本就反對科技介入刑罰的司法主流派更是認定：

AI教誨計畫是少數科技人發明來把持司法的獨門暗器，毫無公信力可言，也因此賴博士原本即將進行感化推廣與全球應用的計畫整個停擺……

此時的中央中控室內，空氣一片死寂。蘇殊已經連續好幾天沒睡，她正將Mia形成假釋決定的資料紀錄器裡的內容一一重新過濾。賴博士則是神色凝重，逐層檢驗著AI教誨師在演算法上究竟有無漏洞。

隨著資料器內容的一一檢閱，蘇殊心中隱然排列的矩陣逐漸成型。

她很堅定，「首先，我們必須知道，邱俊國還是同一個邱俊國，是那個肯接下義父爛攤子，開槍恐嚇會先通知人，出獄後要去跑船賺錢，然後帶領公司轉型經營長照和回饋H小屋老病號的人，這樣的人，不可能在假釋半年的時間內，突然人格分裂跑來殺人。」

蘇殊的信心鼓舞了賴博士，他十分認同，「但是從資料上看來，邱俊國並沒有出去跑船，而是在附近的定置漁場工作，同時也在園區擔任義工，是什麼原因讓他改變計畫？」

蘇殊看向賴博士輕聲說，「是愧疚和彌補，邱俊國一定是知道了『紫蘇葉』就是汪曉珉，所以他才選擇留在這裡。」

這個觀點賴博士並不贊同，「但是，為了隱私和安全，我們在智慧醫院的病人全部都使用了假名，如果要說外觀，汪曉珉現在的樣子和以前可以說是完全不同，只在法庭上見過照片的邱俊國不可能認得出來……」賴博士指的是長年臥床和點滴所造成的水腫和變形。

蘇殊微微一笑，「記得我跟你說過在看守所時邱俊國拒絕幫助嗎？來這裡以後態度突然變得積極，是因為發覺可以用長照來彌補」，蘇殊滑動著 Mia 對邱俊國所做的每日資訊抽取報告，「你看，每天都有台北市植物人長照中心一覽表，點進去有患者名單，他每天都在找汪曉珉。這個情形，Mia 在資訊抽取的過程裡發現了，於是透過全國醫院和長照中心的資料庫交叉比對出H小屋的林嘉惠就是汪曉珉。」

「好，就算 Mia 發現這個事實，但她又要怎麼告訴邱俊國卻不被我們知道？」正在說話的當下，賴博士自己也突然頓悟了，他一拍桌子，點出檔案，小心的調動某天的音檔，找到了那個刻意被製造出來的時間縫隙，Mia 安定溫柔的聲音正低聲說著：「阿國，紫蘇葉就是汪曉珉，右腿小兒麻痺，腳掌心有塊像紫蘇葉的胎記……」

蘇殊點點頭，「在上 XR2 感同身受課程的時候，Mia 遲遲不肯停訓，就是要利用我們強制關機、再重開機之間的空檔，轉用耳畔語音告訴邱俊國這件事，因為除非回放音檔否則我們不會發現。」

賴博士點頭又搖頭，「但是即便邱俊國知道紫蘇葉就是汪曉珉，他和紫蘇葉也沒辦法溝通……」

蘇殊苦笑了一下，「還記得那些午休的放封時刻嗎？」蘇殊點開一個叫做“海洋生活—北太平洋環流”的影音檔，「這部邱俊國放了好多次，應該會特別有趣。」

蘇殊拿起 XR2 遞給賴博士，自己也戴上：

瞬間蘇殊和賴博士來到一艘航行在蔚藍大海的帆船上，兩人進入船艙，簡潔的船長室桌上有著上一個使用者所留下來的航海圖和航行日誌，蘇殊和賴博士趨前觀看。

左邊的航海圖是北太平洋環流的路徑，右邊打開的航行日誌以 Mia 出具分析報告時慣用的罕見字體 Vani 寫著：在金風送爽的日子裡，和溫暖的黑潮一起北上，與親潮相會後，橫渡太平洋，來到北美，北上阿拉斯加再南下加州，然後隨著北赤道暖流回家。

蘇殊輕聲說，「智慧醫院將病人所有的檢測都進行AI輔助判讀，Mia 乘職務之便分析了汪曉珉的腦部資料，知道她的心意，再將這個訊息放進程式裡，等大家戴上 XR2 時，呈現給邱俊國知道。」

「因為知道我們24小時監看，所以用航海日誌來溝通，讓我們以為是單純在看片，卻沒想到片中有騙！好傢伙，那時後他們三個就定好目標和計畫了啊！」賴博士拿下 XR2，整個人豁然開朗！

蘇殊發覺賴博士眼裡似乎閃爍著某種隱約的欣賞和喜悅。

此時中控室內響起 Mia 溫柔安定的聲音，「是的，他們以我做為中繼站彼此交流，如果今天要我再評分一次，邱俊國依然會獲得假釋，因為他肯為了彌補過錯，而將被害人的心願擺在自己的人生之上，這是一個已經完全教誨成功的案例，或許這首汪曉珉的詩，可以幫助你們了解我為什麼這麼說。」

Mia 在螢幕上呈現航行日誌的扉頁：

我渴望在大海的懷抱裡搖盪，沐浴在一片銀白的月光，日之既出，但星星還在，眼中閃爍著日月星辰的芒光，跟隨著流動不已的溫暖黑潮，我就能到達彼岸。

——曉珉

安寧島之春——機械狐獴

二〇七〇年三月，短暫的寒冬迅速離去，取而代之的是炎熱的春天。臺南市中心最高的摩天樓「九八大樓」樓頂，幾位西裝筆挺的男女，在寬闊的會議室中，看著螢幕上播放的廣告。

「安寧島長期照護社區，環境優美、空氣清新，遠離都市的烏煙瘴氣。結合科技與專業照護人才，24小時把關長輩的身心健康。不用擔心長輩在您工作時獨自待在家中。每棟住戶中心，都有寬敞的大廳與多樣化房型，給長輩最適合的居住空間。社區包含活動中心與公園，滿足休閒需求。提供多元的工作機會，讓雄心不滅的長輩也能發展事業第二春。安寧島長期照護社區，搭乘海上列車，從臺南到澎湖只要40分鐘，中南部長輩退休生活第一選擇！」

「當初為了建設這個安寧島長期照護社區，政府移山填海，將整個澎湖的面積擴大了三倍。如今各項基礎設施都很完善，人口也增加了。加上澎湖優良的環境，我認為以此處作為本集團建設大型娛樂中心的地點，將大幅降低建設成本，並能在未來獲得大量收益。」會議室中一位男子如此說道。

「但這個社區就佔據澎湖三分之一的面積了，再加上長照社區附近有一般居民，恐怕沒有多餘的空間吧？而且娛樂中心跟長照社區建在一起，周圍都是老人，似乎有礙觀瞻。」另一位男子發話。

「安寧島不存在的話就好了呢！有辦法嗎？」坐在主位的男人開口。而這個男人身邊，一位戴著粗框眼鏡，臉上掛著笑容的女人站了起來說道：「各位長官不必擔心，我早就已經安排好了，接下來的事情我會親自處理。」

兩周後。

從臺南出發前往澎湖的海上列車裡，冠廷擦著汗、提著行李，一拐一拐的尋找著自己的座位。

「呼。」好不容易坐下的他揉了揉早已失去軟骨的右膝，抱怨道：「哼！那鬼地方最好夠屌。」

又過了一會兒，冠廷才緩過氣來，他看了看窗外的海景，感嘆著自己居然淪落到要去住安養中心的處境，無奈的同時，眼皮也漸漸沉重起來。前一晚他緊張的沒有睡好，現在補個眠或許是好主意，醒來後也許能發現去安寧島的事只是夢一場……

「廷仔？林冠廷？」一聲宏亮的聲音讓冠廷睡意全消。

他抬頭一看，一個強壯、梳著油頭、手提行李的帥氣老頭，正瞪大眼睛看著自己。

「陳阿炯！」冠廷驚喜的叫道。

「哈！你這傢伙！真的是你！」陳阿炯拍了拍冠廷的肩膀，開心的笑著說：「混蛋！我們多久沒見了？有十年了吧？真不夠意思，還以為死了才能再見到你，等等……你怎麼在這？你也要去安寧島住嗎？」

「我們前兩年才見過。還有，我是要去安寧島沒錯，但你說『也』？你也要去嗎？」冠廷反問。「對呀。我已經在那裡住一年多了。前幾天回家看看兒子跟媳婦，今天要回島上，沒想會遇到你。真意外，你沒跟女兒住一起嗎？我以為依你的性格是打死也不會來住長照中心的。」

「是沒錯，可以選擇的話，我也不會來的。但是上週我女兒不知道從哪裡得到政府補助名額，讓我能來住安寧島。呵呵，有家不住，我來這裡幹嘛？但我又老又窮，那丫頭也沒有什麼錢，照顧小孩就夠她受了，哪還有辦法管我的死活？我吵不過她也只好來了，沒辦法，誰叫我是給人添麻煩的那個，哪有資格說不，老人家沒人權啊。」

阿炯看冠廷像在說笑話似的，卻猜到了冠廷心裡恐怕並不開心。兩人是中學就認識的死黨，又曾一起在外島當兵，對彼此最是了解。即使幾年沒見了，他仍然記得冠廷最愛拿在意的事開玩笑，好假裝自己沒放在心上。

「沒事啦！自由自在多好，我也在那裡住了一年多，也很好呀。來啦，我們續續舊，管年輕人幹嘛！我跟你說說安寧島的事情比較實在。」

「也好，那裡到底怎麼樣？廣告是騙人的吧？哪可能有那麼好的地方，騙我沒看過養老院喔？我告訴你，我已經打算住不滿意就立刻走人了！」冠廷說道。

「廣告當然比較誇張啦！不過實際上也相差不遠，至少比都市裡的小型安養院厲害多了。除了住的地方好，定期有人來打掃之外，周邊的環境也很清淨，很適合我們這種年紀的人活動，不會像大都市車水馬龍的。伙食也有專人準備，一天適合吃多少都有人幫你算好。不過稍微有點清淡啦！但我現在也習慣了，感覺身體也變好了，前幾天回去跟孫子逛夜市，我還覺得吃太油膩嘞。更重要的是容易交到同年齡的朋友，話說我最近跟住隔壁房一個女的互動滿多的，感覺很有機會更進一步哈哈哈！」

「聽你這樣講，那裡沒那麼糟囉？」聽著阿炯不正經的介紹，冠廷心情也輕鬆了些。

「這個嘛……」阿炯似乎又想到了什麼，繼續說道：「前陣子我是有聽到風聲，好像有一些人想要把安寧島關起來……」

「關起來？靠！拎北才剛要來住欸！為什麼？」

「我不知道啦！我聽安寧島上一個跟我很熟的年輕管事說的。這幾年本島幾乎沒什麼空地了嘛。該開發的地方都開發的差不多啦。就聽說有一些立委跟企業把腦筋動到澎湖來。說是現在用人工島嶼擴建，澎湖的面積整個大了兩、三倍，還算可以用。不過安寧島就佔了澎湖三分之一的土地，你沒收起來，哪會有空間給他們用。至於是要蓋什麼娛樂中心還是渡假村就不知道了。唉，不管那個啦！我只是跟你打打嘴砲，你不要擔心。差不多要到了，準備下車吧。」

海上列車速度飛快，兩人聊沒多久就抵達了澎湖的安寧島站，冠廷跟著阿炯下車之後，一位看起來30出頭的男性，正舉著「歡迎前來安寧島」的牌子。當他看到兩人時，熱情的喊著：「炯伯！」。

「嘿！小子。這我朋友，林冠廷。你名單上應該有他吧？廷仔，這我剛剛講的年輕管事，叫陳亦凡，也是安寧島的管理顧問魏博士的孫子，現在安寧島上很多事情都是由他負責，有為青年一個。」

「林伯伯你好，我們可能要再等一下其他人，今天突然多了好幾位新住戶呢！」

「好喔！以後再麻煩你多多關照喔。」本來冠廷心不甘情不願的來，還想著這裡的工作人員再怎麼陪笑，自己也不會給對方好臉色，但畢竟是阿炯的朋友，現在他語氣倒是頗客氣。

沒過一會兒，幾個跟冠廷一樣初來乍到的新住戶出了車站，亦凡便帶著大家一起搭車前去住戶中心，順便在車上跟他們介紹安寧島。但是冠廷在海列車上已經聽阿炯說的夠多了，現在只是看著車窗外的風景，寬闊的馬路幾乎沒幾輛汽車，確實讓冠廷感受到大都市沒有的舒適感。

沒過多久他們就抵達了住戶中心，在安寧島上，這樣的中心還有好幾座，而冠廷雖然已經決定來這裡居住，但站在門口時還是有些緊張跟排斥。他拿出手機，傳了一則寫著：「老爸到了」的訊息給女兒。接著他便盯著傳出去的訊息，幾秒鐘就像數小時那麼長，這則訊息卻始終處於未讀狀態。

「林伯伯？」亦凡看到盯著手機螢幕發呆的冠廷，便呼喚了一聲，讓他回過神來。

「大概在忙吧。」冠廷心想，接著他深呼吸一下，又嘟囔道：「媽的，住就住。」便邁步前進，迎向這安寧島的新生活。

踏進大門之後，映入冠廷眼簾的是極為寬敞而乾淨的大廳，透明的玻璃穹頂帶來良好的採光，門口有著服務台，大廳中央有好幾顆巨大的榕樹，底下還有幾張桌椅讓人喝茶聊天，也有打掃機器人在周圍清潔，大廳四周則是幾座通往居住房間的電梯。

「喲！這幾位是新來的住戶呀？歡迎歡迎！」冠廷還在看著周圍的環境，一位穿著套裝、戴著粗框眼鏡，滿臉微笑的女人突然前來打招呼。

「呃……各位長輩這位是……」

還沒等一臉尷尬的亦凡介紹，那女人就搶著開口道：「敝姓張，各位可以叫我張小姐，我代表衛服部來這裡進行評鑑，為各位長輩把關居住品質，伯伯、阿姨們之後有不滿意的地方，一定要告訴我喔。呵呵呵。」張小姐盯著眼前的老人家們，尤其看向冠廷時，那笑容簡直讓他背脊發涼。

「那女人哪來的呀？怎麼我才回去幾天就冒出這號人物？」等張小姐離開後，阿炯推了推亦凡問道。

「炯伯你記不記得我跟你說過，有政客跟財團想在澎湖開發大型娛樂中心的事？」

「記得啊，但我以為你只是跟我打嘴砲，八卦一下而已。我想說安寧島口碑不錯，又是政府立案，應該不會真的關門吧。而且這關衛服部的評鑑員屁事？」

「炯伯，政府跟財團多少都有利益掛勾呀！這種時候派遣評鑑人員，誰知道他們會做什麼？而且我聽說這位張小姐的上司跟商界走的很近。」

「你是怕張小姐會刻意把評鑑分數降低嗎？」阿炯問。

「算是，希望是我想太多了。」亦凡搖了搖頭，又趕緊轉向冠廷他們說道：「哎呀！抱歉，我先帶各位辦理入住手續吧！」

在櫃台辦完手續後，亦凡帶著冠廷到他的房間放行李，又帶他去做健康檢查跟工作適性調查，好在之後分派工作給冠廷。其實並不是每個來安寧島居住的長輩都要工作，但冠廷經濟狀況不算太好，雖然領了政府補助，仍需要賺點錢，才能完全負擔起安寧島的住宿費用，加上他自己也屬於不服老的個性，所以很認真的填著表單，希望能獲得一份不錯的工作。

完成了這些程序，已經讓冠廷感到些許疲倦，晚飯跟阿炯一起用餐後，又參加了交誼廳舉辦的晚間團康活動。雖然阿炯那個老色鬼興致勃勃的跟年輕看護聊著天，但慢熱的冠廷卻只能在有人前來搭話時，客套的回應幾句，其他時間都只是尷尬的坐在座位上。在他無聊到打哈欠時，還隱約看到站在門口的張小姐拿著相機對著自己按下快門。結束這一切之後，冠廷實在是體力不支了，白天坐車的時候只顧著跟阿炯聊天沒有補眠，現在回到房間後連整理行李的力氣都沒有，就立刻倒頭睡去，結束了安寧島的第一天。

第二天一早，冠廷神清氣爽的醒來後，才仔細看了看自己的套房，房間很乾淨，雖然不大，但採光很好。不過，冠廷到現在都沒辦法想像自己在這裡度過了一個晚上。

「咕嚕。」飢餓的胃發出了聲響，但他的房間是基本型，除了一個微波爐跟電鍋之外沒有附其他炊具，所以他也只能匆匆梳洗一下，盡快前往餐廳用餐了。

一到餐廳，阿炯已經在那兒了，他一看到冠廷，就立刻揮手招呼冠廷過去，也沒等冠廷坐下就立刻問道：「怎麼樣？第一天還OK吧？他們這邊的床鋪還不錯吼。」

「還可以，幹！我昨天真的超累，一回去倒頭就睡，真的沒時間注意床怎樣。你吃什麼？」阿炯的早餐是清淡的蔬菜粥，冠廷也用桌上的點餐機叫了一份，過沒幾分鐘，就有機器人將粥送到他的位子上。不過這碗粥確實清淡，讓吃慣了重口味的冠廷覺得不太滿意。

「麥靠北啦！明天你可以點點看雞肉粥，那個你可能會比較喜歡，不過還好你沒什麼慢性疾病，這裡有些人他媽的全身都毛病，被規定只能點特定幾種健康餐，哈哈哈。哪一天你也得個糖尿病你就知道了。」

「幹！」聽著阿炯的屁話，冠廷只舉起中指回應。

「好啦，我不鬧你了，我先去工廠，等等亦凡小子會帶你來，到時候我們應該可以一起工作，待會兒見。」

說到工作可讓冠廷既興奮又緊張，這幾乎是他願意來安寧島居住的全部理由了，半年沒工作的他，一方面想要趕快重新享受工作帶給他的熱情，一方面又很擔心，他以前也在工廠的生產線工作過，但他還能勝任嗎？幾十年前，很多工廠徹底轉為自動化運作，身為作業員的他因此失去工作，所以他才去了保全公司，直到去年又被以腿腳不方便為由勸令退休。現在又有機會工作，讓他求之不得，只是他實在無法想像現在的工廠如何運作而已。好在，冠廷的擔心是多餘的。

「這間工廠負責處理澎湖周圍海域攔截過來的漂流垃圾，絕大部分的事情都有機器負責，林伯你的工作主要就是監督機器運作，然後在必要時下達指令跟調整機器運作的速度而已，當然還有幾個步驟需要你動手，畢竟有些時候人手還是更可靠。」帶著他參觀工廠的亦凡跟他說明著。

「我以為現在的工廠完全不需要人了。」

「那怎麼可能，幾十年前確實有這樣的發展趨勢，但現在已經發現，只有機械或只有人都會降低工廠效率。由少量的人加上大量機器輔助，工作效率還是更好。林伯你昨天資料有填寫以前的工作經歷，我們的AI計算你絕對能勝任這裡的工作，反正體力活都有機器會處理，林伯你只要負責指揮，也不必擔心膝蓋不舒服，就麻煩您大顯身手了。」

聽了亦凡的話，冠廷看了看自己的膝蓋。

「老林，你現在幾步路都走不動，怎麼巡邏啊？快退休啦！人老要服老好嗎？」這是退休前，保全公司主管跟他說的話。

「哼，看來拎北還是可以工作的嘛。」冠廷的眼神似乎重新燃起一絲自信。

在安寧島上的工作時間不必太長，就算是冠廷這樣領取部分補助，並用工作賺取生活與住宿費用的住戶，一周也只會工作25小時，其餘時間都可以自行安排。下午離開工廠後，亦凡又載著冠廷跟阿炯一起離開安寧島的範圍，到一旁的小鎮上走走。澎湖過去曾一度面臨年輕人口外流的問題，不過這兩年安寧島建立，一些年輕人看到安寧島提供的工作機會，慢慢開始回流，澎湖本島以及包括安寧島在內的人造島嶼才又有了生機。

除了在工廠工作以及偶爾跟亦凡、阿炯跑到小鎮上閒晃外，冠廷還在阿炯的慫恿下參加一些社團活動。不過有點可惜的是，目前為止他都沒找到喜歡的社團。唯一的樂趣，也只有看著阿炯不要臉的搭訕年輕看護，或保養得宜的女士們了。另外，還有一件事讓他感到沮喪，那就是他來到安寧島之後，女兒只在第二天跟自己簡短通話過，接著就很少跟自己聯絡了，而自己傳過去的訊息，女兒似乎也沒有打開來看。

「如果那丫頭能跟我視訊一下，那在這裡的日子應該會更加開心吧。」他這樣想著。

平靜的日子總是不會太長久。這天冠廷照樣調控著生產線的運作，眼前的機器卻「咚！」的一聲，便全線停擺了。

「靠，怎麼停了？不會是程式有 BUG 吧？」他雖然有在傳統工廠工作的經驗，敲敲打打、拆裝機器保養一下也沒問題，但要處理 AI 的程式 BUG 可就難為他了。冠廷趕緊撥了電話給在主控制室的阿炯。

「阿炯！我廷仔，我這邊產線停了啦！」

「停了？怎麼會停？」

「我哪知道啊！剛剛我機台的螢幕跳出 Error 之後就突然停了，我操作機台還好，處理電腦 BUG 我不行，有沒有人能來修？」冠廷急著說。

「這個……」

「怎麼了？沒人能修嗎？」

「不是啦。」阿炯嘆了口氣說道：「等修的人來了，你就知道了。」

沒過一會兒，冠廷就看到一副苦瓜臉的亦凡來到工廠，還帶了一位看起來比自己大上幾歲的矮胖老先生給阿炯，老先生身材圓滾滾的，帶著超厚的眼鏡，看起來簡直像個卡通人物。接著亦凡便溜了過來，找冠廷打了招呼。

「林伯，借我躲一下。」

「怎麼了？你不是帶人來修機器嗎？」冠廷問。

「是啊。你看那個阿伯，他叫劉巴克，年輕的時候是某科技大廠的工程師，只要工廠有問題，找他來一定能解決。不過劉老伯有夠難溝通的，老是講著不知道什麼語言，每次烔伯不知道怎麼跟他溝通，就叫我翻譯，問題是我也不知道劉老伯在講什麼啊！我之前問了島上一個能講8種外文的老教授，但他也不知道劉老伯在講什麼。反正你借我躲一下，不然等等烔伯生氣又牽連我。」

「呵呵，陳管事你這樣不行喔！」亦凡才剛跟冠廷說完，一道幸災樂禍的聲音就從兩人身後傳來。冠廷轉身便見到滿臉笑容的張小姐。

「讓長輩在這樣隨時停擺的工廠工作，會不會安全性不夠呢？而且工廠停擺，老人家不就沒辦法工作了嗎？這似乎展現了，安寧島在保障老人工作權益方面十分不足呢！」張小姐似乎抓到什麼把柄一樣，笑的眼睛都瞇成一條線了。

「呃……這只是偶爾發生的例外狀況，很快就會排除了。」亦凡回嘴到。

「是嗎？是嗎？」張小姐笑著看向遠處的阿烔。這時阿烔還在努力跟劉老伯說明產線的問題，劉老伯卻劈哩啪啦的回他，讓阿烔又氣又惱，也不知道自己有沒有解釋清楚。

「所以你到底修不修的好啊？拜託老劉你還是說中文吧！或者你點頭或搖頭，那樣我還比較清楚。」

「看來事情不太順利喔！」張小姐說完，便用筆在平板上邊寫邊唸著：「工作環境不穩定……住戶在工作環境中……溝通不良……」

「張小姐妳！」亦凡氣的臉都脹紅了，偏偏張小姐又是政府派來的人，實在拿她沒辦法。

「哎呀，張小姐妳別這樣，我去看看。」

冠廷在一旁看著，也覺得張小姐有些過分，想稍微幫幫亦凡，便朝著阿炯那裡靠近。本來他也不知道該怎麼辦，但他剛才遠遠聽著劉巴克的火星話，就覺得耳熟，現在靠近聽了個清楚，立刻就確認劉巴克說的是什麼語言了。

「@#%^$#&*()(&#@」奇怪的語言從冠廷嘴裡吐出，打斷了阿炯與劉巴克，也驚呆了亦凡跟張小姐。他們雖然都聽不懂冠廷的意思，卻驚訝的發現冠廷說話的聲調跟劉巴克說的很像，分明是同一種語言。劉巴克也驚訝的看著冠廷，似乎非常高興。

「哈哈哈！張小姐你看，我們溝通沒什麼問題了。劉老伯說的我都聽得懂。來，劉大哥你說你的，我來翻譯。」有了冠廷翻譯，阿炯與劉巴克終於能好好溝通了，沒幾分鐘，劉巴克就讓生產線順利運轉了起來，又用他那奇怪的語言吩咐了一些注意事項，要冠廷翻譯給阿炯聽之後，才自顧自的離去。

「張小姐，我們產線要繼續跑了，大家都要趕快回到工作崗位。可能沒時間陪你，你要不要去其他地方繼續評鑑？」冠廷看著張小姐說道。

看著問題這麼快就解決了，張小姐似乎不太滿意，不過她很快又拾起笑容說道：「也好，那我就先走了。對了林伯伯，你也來住小半個月了吧？我都還沒好好關心過你呢。最近一定找機會去拜訪你呦！」說完她便牽起冠廷的手，又拍了拍他，就轉頭離去了。

看到這位散發著浮誇反派氣場的女人離開，三人終於鬆了一口氣。

「剛剛到底怎麼回事？林伯伯你怎麼會說那個火星語言？」亦凡驚訝的問。

「那不是火星語啦。那是來自電影《星艦迷航記》裡的人造語言，叫做『克林貢語』」看著一頭霧水的亦凡，冠廷搖了搖頭繼續道：「這是我們年輕的時候很流行的星際科幻電影。劉巴克應該是星艦迷，才會一直這樣講話。我以前也喜歡這部片，所以也學過一點。幹，這部片超經典的，你們這些年輕人不知道根本要判死刑！」

「林伯，現在都有人上火星了，很少人拍星際題材的電影了啦。」

「所以你們才應該看看這些老電影呀。算了，懶得理你。我要繼續工作了，今天是周末，你小子別忘了，下午要載我跟阿炯去鎮上喝一杯。」

「哈哈，沒問題，總之能知道有人可以跟劉伯伯溝通，還有他在說什麼語言，真是太感謝了，林伯你太神啦！我先走了，下午我請你。」

下班以後，亦凡、阿炯跟冠廷又跑到鎮上的一間酒吧小酌。平時在安寧島的範圍內，亦凡就像兒子叮囑老爸一樣，要他們兩個老頭不准喝酒，只有週五會開車載他們來放縱一下，順便聽他們說些年輕時的趣事。

不過今天亦凡卻一直心不在焉，連阿炯趁他不注意時，偷偷多點了一杯啤酒也沒發現。冠廷看著這個心神不寧的年輕人忍不住道：「小子你今天很有事喔？我本來想說，你是早上的時候不知道怎麼跟劉巴克溝通才一臉囧樣，但現在看來還有別的事情？」

「囧樣？什麼意思？」亦凡呆呆的問，表情似乎又更囧了。

而冠廷則用手指沾了些水，一邊在桌上寫下一個囧字，一邊說道：「就是說你的表情啦。你看囧這個字，像不像一張皺眉頭的臉。怎麼樣，你追妹子被拒絕喔？」

「哈哈哈，原來是這個意思。」亦凡似乎覺得很有趣，終於笑了一下，接著道：「沒有啦，我沒時間追女生啦。是上個禮拜，不知道到從哪裡冒出一些觀念傳統的保守派人士，成立了一個『孝道守護聯盟』，然後一直在新聞媒體上譴責安寧島，還有其他一些跟我們類似的大型長照社區。罵我們是在破壞傳統的家庭倫理，將老人當成垃圾集中、讓子女逃避盡孝的義務。也有造謠說我們專門接收低收入戶的長輩，就是要讓養不起父母的人擺脫沒用的長輩。還說長輩們在安寧島一定很孤單、無助，而且環境很差，根本變成另類貧民窟。他們要求政府廢除安寧島，讓家庭回歸子女服侍父母的傳統。就這幾天的時間，整個輿論風向就被帶起來了，很多立委跟著跳出來說我們當初建設安寧島是官商勾結，主張把安寧島關起來。那輿論壓力那麼大，以前支持立案建設安寧島的那些立委也不敢出聲。」

「靠！政治人物就是這樣啦！風往哪邊吹就往哪邊倒，不過他們頂多就炒炒新聞而已，有什麼好擔心的。」冠廷說道。

「只是炒新聞當然沒關係，今天早上林柏你也看到了，張小姐每天在島上管東管西的，我總覺得她不懷好意，還有好幾次看到她似乎拿著相機在偷拍長輩。」

「你奶奶沒說什麼嗎？她不是安寧島的顧問嗎？」剛拿到第二杯啤酒的阿炯接著說。

「嗯，奶奶只要我好好照顧長輩們，說只要長輩們開心，張小姐給的評鑑成績自然就會好，安寧島也不會直接被關起來了，之後我們還有機會慢慢導正輿論，讓大眾認識真正的安寧島。」

「幹，我最討厭這種評鑑跟政治的事情，小子我告訴你，老頭我還是有點人脈的知道嗎？到時候真的有事要跟我講，我可以聯絡一些老朋友幫忙。現在就開心一點吧！」阿炯不愧對他的江湖本色，豪氣的說。

冠廷看著心情不好的亦凡，也決定緩解一下他的心情。「欸，小子！阿炯說的沒錯，今天放輕鬆點，你看這個。要不要今晚陪我去看看那個劉巴克？」說著，便拿出一張寫著奇怪語言的紙條，放到亦凡面前。

「這什麼鬼東西？寫一堆看不懂的，也不是英文啊。」阿炯拿起紙條看的一臉矇。

「這是一個秘密社團的聚會時間，上午劉巴克離開工廠前給我的。他好像是跟安寧島上幾個星艦迷航記愛好者組了個同好會，應該是要邀我去，時間就在今晚，在活動中心 E13-8 教室，怎麼樣，要不要去看看？」

「嗯……你年輕時就是星艦迷吧？你來這裡那麼久，也沒找到什麼有趣的社團，難得有稍微感興趣的，當然該去看看。怎麼樣小子，咱們去玩玩，說不定心情會比較好喔！」阿炯說。

「嗯，我沒問題。作為管事，我當然應該了解一下長輩們的興趣，而且這好像滿酷的，我還可以趁機多了解一下劉伯伯。而且林伯也應該多交一些朋友。」亦凡說。

「好！那就決定啦。晚餐後，咱們去看看這個劉巴克到底搞了什麼同好會。」達成了共識，三人便決定今晚一起前往神秘的星艦迷同好會一探究竟。

晚餐過後，三人到了住戶中心旁的活動大樓，這棟大樓內部設備齊全，有健身房、游泳池、圖書館、繪畫教室、迷你電影院、咖啡廳，還有不少空教室讓住戶可以辦一些社團活動。冠廷只來過幾次，根本不曉得E13-8教室在哪裡，好在阿炯跟亦凡都知道教室的位置。

「13樓風景很好耶。但那層樓的教室這時候應該都關了吧？」阿炯皺著眉頭，按下電梯按鈕讓另外兩人先進去。

「喔。因為這個時間大家都喜歡留在住戶中心內的榕樹廣場吃點心聊天嘛。活動中心通常只有健身房和游泳池還開著……欸？怎麼不開門？」亦凡回答著阿炯的同時，卻發現電梯的樓層雖然停在13樓，但一直沒開門。

「奇怪，怎麼沒反應？」冠廷急著按電梯的開門鍵，電梯門卻絲毫不動「該不會壞了吧？」

噔噔！在三人疑惑之時，電梯的控制面板突然從原本的藍光換成紅光。

「我們的使命是什麼？」一個冰冷的女性聲音從對講機中傳出。

「呃？什麼鬼？」冠廷一臉不知所措，疑惑的看向身邊的同伴，卻看到阿炯跟亦凡也是一臉矇。

「是劉伯伯嗎？我們是來參加星艦迷同好會的。」亦凡率先反應過來，但對方似乎很堅持要他們回答問題，再一次問道：「我們的使命是什麼？」。

「我們的使命？找劉巴克呀！而且為什麼你們可以控制電梯啊？」阿炯問道。

「喔！還不是劉哥……喔！好啦！我知道！」那聲音的主人似乎是個話多的人，阿炯只是多問了兩句，她裝出來的冰冷音調就差點破功了，不過大概是身旁的共犯提醒，她又說道：「別問無關的問題啦！我們的使命是什麼？」

冠廷心中倒是隱約猜到了答案，但那答案未免也太中二了，他尷尬的回答：「嗯……我們的使命……哎喲！我知道啦！就是企業號的使命那句話，探索……那句。」

那個女人似乎很滿意於冠廷的尷尬，期待的道：「大膽講出來，要大聲點！」

猶豫了幾秒，冠廷吸了一口氣，才終於開口大聲道：「探索新世界，探尋新文明與新生活！」

「這就對了，歡迎。」那位女士開心的說，電梯也動了起來。

「以我們這個年紀來說這句台詞，會不會有點諷刺？」冠廷看著阿炯說道。

「是滿中二的，但你來安寧島確實是在『探索新世界』不是嗎？而且總比要你說『老兵不死，只是凋零』好吧。」阿炯笑著說。

出了電梯，三人剛到 E13-8 教室門口，就聽到裡面傳出了星艦迷航記的電影主題曲，還有許多人的笑聲。進去之後，冠廷看到劉巴克以及幾個安寧島的住戶，除此之外還有一些冠廷去鎮上見過的當地住戶，有將近二十個人。有些人打扮成星艦迷航影劇裡的模樣，正在討論彼此的服裝。有幾個人在玩桌上遊戲，也有幾個人圍著正在組裝中的星艦模型一邊吃點心。

E13-8 教室是接近圓弧形的會議室，周圍的檯子上擺著星艦迷航系列的模型公仔，螢幕牆投放著璀璨的星空主題背景，還有3D投影的星艦在他們的頭頂上互相追逐，圓弧形的教室更給了一種飛船內部的錯覺。

「哇！」彷彿置身於太空船內部的三人不自覺的發出驚嘆。

劉巴克來到三人面前，興奮的用克林貢語跟他們打了招呼，冠廷雖然覺得劉巴克很怪，但又對這個熱情投入自己喜歡的世界，勇敢做自己的老頑童很欣賞，便也熱情的回應他。但阿炯與亦凡有聽沒有懂，只能笑著在一旁觀看。

「劉哥，你這樣會嚇到新朋友啦。哈囉！三位帥哥，真是歡迎你們。亦凡也來了呀？年輕人不會無聊嗎？」一位女士湊了過來，聽聲音她應該就是剛剛在電梯裡說話的人。這位女士冠廷雖然認得，但並不熟悉，只知道她是安寧島的住戶，大家都叫她小麥阿姨，人緣很好。

「我想關心一下長輩們在做什麼嘛。小麥阿姨也是星艦迷嗎？」

「只有劉哥最愛星艦迷航而已啦。其他人應該算是科幻迷，像我除了星艦迷航外，也喜歡其他科幻電影。我們就是每個月聚集一兩次，看一些經典的老科幻電影、吃點東西、玩玩遊戲這樣。你們也快來吧！我們等等要玩劉哥收藏的舊星艦桌遊。」說著小麥跟劉巴克便帶著他們去跟其他人打招呼。

「桌遊是像撲克牌那種遊戲嗎？」亦凡在冠廷耳邊偷偷問道。

「對呀，我們年輕的時候滿流行的，你們現在元宇宙裡玩的一些冒險遊戲，也是從桌遊數位化的。」

那天晚上他們一起玩了劉巴克收藏了幾十年的桌遊，阿炯因為輸了很多次而被懲罰，臉都被畫的花花綠綠的。亦凡幫大家拍了搞怪的影片，說以後可以做成安寧島的紀錄影片。冠庭認識了不少新朋友，他感覺自己好像回到年輕的時候，這一晚幾乎是他來到這裡以後，最開心的晚上了。

週日的早晨，冠廷不必工作，吃完早飯後就獨自待在屋裡打著給女兒的訊息：

「云柔，老爸的新工作已經越來越上手了。前幾天我跟陳阿炯跑去參加了一個同樂會，還認識一些新朋友，那邊的人都七、八十歲了，還玩很嗨哩！過兩個禮拜，這邊有探親會，你要不要帶小荳一起來？我們還可以到澎湖本島去看看海，吃些海產之類的？」

他每一次傳訊息給女兒，對方都愛回不回的，亦凡猶豫了好久才按下傳送鍵。

「云柔應該不會嫌煩吧……」

叮咚！

門鈴聲打斷了冠廷的沉思，打開門後，亦凡在門外面色有些凝重，而他身邊還跟著滿臉笑容的張小姐。

「林伯，不好意思打擾你一下。張小姐想……」

「陳管事，還是讓我來說吧。林伯伯，我上次說過會來關心你，今天就是要來了解你在這裡生活好不好、會不會很想家。」說話的同時，張小姐還強勢的走進冠廷的房間，亦凡還來不及進門，就被張小姐關在了外邊。

「這裡不大嘛！林伯伯你的經濟狀況似乎不太好，為什麼沒有選擇比較大的房型呢？」張小姐笑著問。

面對張小姐的「突襲」，冠廷有點不知所措，只是傻傻的道：「我的經濟狀況沒那麼好，只能選最小的房型，不過這裡還是挺舒……」

「我明白了！」張小姐直接打斷了冠廷，接著問：「你的女兒呢？為什麼沒有選擇跟女兒住？」

「嗯……女兒的經濟狀況不好，所以只能把我送來。」

「喔！我了解了。但不想跟女兒還有孫女住在一起嗎？」

「當然想呀。」

「所以你本來也不是自願來安寧島住的囉？」

「對，但……」

「我們上次在工廠見過，你現在必須在這裡工作，才有收入支付這裡昂貴的住宿費用對吧？」張小姐再次打斷了冠廷。

「嗯……對，我是需要工作……」

「都已經72歲了，一周還是要在工廠工作五天班沒錯吧？但資料上說你膝蓋不好。」

「其實只有上午，而且……」

「你應該很辛苦吧？」

「拜託！張小姐妳從剛剛開始就不讓我把話說完！」

張小姐一直打斷自己，在冠廷看來根本就是打算斷章取義。這讓他不太高興，雖然可以選擇的話，他還是想跟女兒、孫女住，但他在安寧的生活還是很不錯的。而且就算為了亦凡那小子，他也不希望安寧島收攤。

「對，我一開始不想來，但這裡的環境也不錯，而且我本來就很想繼續工作。」

聽到冠廷為安寧島說話，張小姐推了推眼鏡，笑了笑，說道：「哼哼哼，林伯伯，你這樣說可是會讓我很失望的。你剛來島上的時候，我還以為我們會很合的來呢！可是你之前的表現，實在讓我有些難過。不過沒關係，我現在好好的跟你解釋一下狀況，相信你就會明白的。」

「妳什麼意思？」冠廷疑惑的問。

「呵呵，我這樣說好了，林伯伯，你要明白，人的感情是會隨著時間逐漸疏遠的。」

「什麼？」冠廷看著張小姐，越來越不安。

「先不說你女兒，你的孫女才剛上小學吧？你知道，在這個時期如果沒有跟小孩子常常相處，久了祖孫之間的感情可能就淡了。難道你希望跟孫女疏遠嗎？」

「我……當然希望跟孫女親近一些。」

「沒錯，我是在幫你呀！你想想，你就算想離開安寧島，女兒也沒錢養你，外面又很難找到適合老人家的工作。但如果是安寧島自行關閉呢？政府肯定會出錢補貼你們，以維護住戶的權益。你不僅能回去與家人住在一起，還能拿到一筆資金照顧他們。」

「但是……」

「你知道嗎？有好多住戶也跟我說，他們不是自願來住的，而是被逼來的，所以你就算說一些不愉快的事，也不用有罪惡感。只需要老實告訴我，住在這裡有沒有什麼不開心的事就可以了。」張小姐伸手握住冠廷的手說：「林伯伯，你最近有跟女兒聯絡嗎？多久連絡一次？」

「嗯……我確實很少跟我的女兒連絡，她……常常不回我訊息……」冠廷有點猶豫，慢慢的說道……

「怎麼樣林伯？她有問什麼嗎？」張小姐離開後，亦凡找到空檔，就急著來問冠廷受訪的情況。

「喔，還可以啦。我沒說什麼，就照實說說我的日常而已。」冠廷有些心虛，他確實沒有胡亂編造什麼對安寧島不利的話。但不得不承認，張小姐說的話確實讓他產生了一些回去跟兒孫團聚的希望，不知不覺間，他也不再對女兒不跟自己聯絡的事情避而不談。

「反正我只是照實說，而且我也有說很多好話，應也算對的起這小子吧……」他自我安慰的想著。

兩周的時間一晃即過，離探親會只剩一天了，冠廷終於在前幾天收到女兒的回信，說會試著排出時間來參加探親活動，在他看來這幾乎等同女兒答應會來了。而且晚上還有星艦迷的同樂會，讓冠廷心情不錯。可惜的是亦凡今天必須跟幾個安寧島的工作人員開會，確認探親會的活動細節，所以只有冠廷跟阿炯去參加。

晚間的同好會還是一樣讓人開心，其中幾個成員發表了自己寫的短篇科幻小說，讓大家讀的津津有味，還吃了小麥阿姨做的糕點。活動結束時已經9點多了，冠廷跟阿炯一起離開活動中心，打算回去早點梳洗睡覺。

兩個老男人邊聊天，邊從活動大樓散步回住戶中心，冠廷還在想著剛剛讀到的科幻小說，阿炯卻拉住了他。

「廷仔，你看那裡。」

順著阿炯所指的方向看去，冠廷發現張小姐正站在住戶中心旁的涼亭講電話。

「欸！你衝三洨？」看阿烱往張小姐走去，冠廷趕緊將他拉住。

「我去看看她在搞什麼啊！我告訴你，這女的我第一眼看到就覺得她心裡在打壞主意，三更半夜『鬼鬼祟祟』肯定沒好事。你難道不想幫小子看看她在搞什麼鬼嗎？」

「靠！是『鬼鬼祟祟』啦！我當然想幫小子。」

「那還等什麼，走啦！」

「喂！」冠廷管不住阿烱，只好跟在後面慢慢的靠近。其實阿烱說的沒錯，冠廷心裡也有一絲不安。而這份不安很快就被證實了。

「委員你不必擔心，我訪談的時候錄下了很多精彩的資料了，無論多好的機構，都會有不完善的地方嘛！他們都以為我只是紀錄下來要帶回去評估而已，真是太天真了……有，我當然會剪接呀！住戶抱怨的都不是什麼大問題，但只擷取片段的話，誰聽了都會覺得這裡很糟糕的。明天我有請媒體朋友直播。影片我明天直接在探親會放出來……對，再麻煩委員你請『孝道守護聯盟』準備好，到時候在粉專上帶風向……沒問題，委員之後有機會別忘了帶我一起呀……」

兩人已經不知道張小姐之後還有說些什麼了，他們正嚇得一身冷汗，急著去找亦凡告訴他這件事。尤其是冠廷可急了，他當然知道張小姐在訪談時，刻意引導自己多說了一些對安寧島不好的話，只是他也有說出安寧島好的地方，總體來說也是客觀的。而且他也認為張小姐收集這些資料，回去還是會經過專業的評估。但現在看來哪有什麼專業評估呀！張小姐根本是要惡意詆毀安寧島吧？他抱怨女兒不跟自己聯絡的事，肯定也會被拿來大作文章，這樣自己豈不是變成幫兇了？但那是自己沒有好好經營父女關係，哪能全怪安寧島。

「小子呢？現在要去哪裡找那小子？」阿炯急著說。

冠廷用手機連續撥著亦凡的Line，卻無人回應。

「靠北！那小屁孩不接我電話！」

「會議室，那小子不是要開會嗎？」冷靜了幾秒，冠廷才想到可以到工作人員會議室去找。

阿炯走的特別快，冠廷膝蓋不好，只能苦苦跟在後面，當他走到會議室的時候阿炯已經站在門口了，卻不知道為什麼沒有進去。

「怎麼？小子不在？」冠廷才疑惑的問，卻被皺著眉頭的阿炯制止。

「凡哥，恭喜！這次探親會結束就升官了吧！到時候就可以坐辦公室，不用整天應付長輩們了。」一位工作人員的聲音從會議室傳出。

「本來嘛！我奶奶早就該退休了，都一把年紀還管東管西真的超煩。我這幾年把島上的長輩們照顧的無微不至，說實話上面的位置早該給我了吧？你不知道整天陪這些長輩也是很累，每天聽他們憶當年哈哈哈！現在長輩說我們草莓族，我才覺得他們難伺候哩。」亦凡笑著說。

「凡哥你的辛苦我們都看在眼裡。不過你不怕張小姐明天搞事嗎？」

「她能搞什麼事？這次探親會辦得那麼認真，就是要讓她把評鑑分數打高一點嘛。至於她做的訪談，我對長輩們那麼盡心，他們總會說點好話吧？如果他們還抱怨安寧島不好，那我真的覺得無言。」

亦凡一邊笑著，一邊轉開門把打算離開會議室。不過門外等著的卻是兩張憤怒的臉。

「炯伯、林伯，你們怎麼在這裡？」亦凡有些緊張的說。

「好呀！小子，你很好嘛。平常伺候我們這些老傢伙還真是辛苦你了。」阿炯狠狠的說。

冠廷也瞪著亦凡接著道：「原來把長輩照顧好，都是為了給你的安寧島打分數喔？你小子很會算計嘛。你奶奶還真倒楣，辛辛苦苦弄這個安寧島，怎麼就有你這種孫子整天要人家退休。好，那恭喜你陳大管事準備高升，以後不用再管我們這些老頭了。再見！晚安！阿炯，我們走。」

話一說完，冠廷轉頭就走，亦凡還想說話，卻被阿炯用手指著鼻樑，像是在警告他一樣，讓亦凡嚇得不敢再多說話，只能任由兩位長輩離開。

隔天一早，冠廷心情仍然不太好。

「叮！」

手機有訊息傳來，冠廷發現是女兒傳來的，便趕緊點開，結果卻讓他失望透頂。

「我可能還要忙，小荳學校也有作業，還是下次有機會再去，先這樣。」

失望變成難過，難過化為憤怒……

一開始女兒說要送他來安寧島，兩人就吵了一架，讓他心裡很是難過，所以來到安寧島後，雖然女兒一直對他的訊息愛回不回，他也沒什麼怨言，只希望兩人趕快和好。但這回他實在忍不了了，昨晚的事情加上女兒不來看看自己，讓他徹底暴怒。

「丫頭，妳現在是真的打算都不聯絡就對了？我都答應來住這裡了，來看一下妳老爸會死是不是？還忙勒！妳開的破繪畫教室連個學生都沒有，是有多少事情要忙，小荳才一年級是能有多少作業？之前不罵妳，妳還耍嬌？還一直不聯絡！妳最好給我來一通電話！」冠廷氣的傳了語音訊息訓斥了女兒一頓。語音訊息傳送出去後，他的心裡其實有些後悔，但又氣的不想收回訊息。他坐在床邊越來越心煩，最終拉出床底下的背包，收拾起了行李。

探親會即將要開始了，亦凡卻還在為前一天晚上的事後悔，根本無心顧及準備工作，好在人員分工還有事前準備都很完善，所以沒有出什麼紕漏。

「不行，我得跟林伯他們道歉。」亦凡匆匆地把工作交給身邊的工作人員，就急著去找冠廷跟阿炯，他先去到冠廷的房間，卻怎麼都沒人來應門。

「奇怪，不在嗎？」他疑惑道。又找了一會兒，他才終於在榕樹大廳找到正在跟劉巴克還有小麥阿姨聊天的阿炯。但阿炯還在氣頭上，當然不會給亦凡好臉色。

「炯伯，我真的很抱歉。我昨天太得意忘形了。我不該說那種話，原諒我啦。」亦凡急著說。

「現在是怎樣，你覺得我們這些老傢伙很好騙是不是？混小子，我是這幾年修養比較好，要是我年輕十歲，就一拳就給你尻下去了。」

「哎呦，炯哥你別這樣兒，年輕人不懂事。唉，劉哥你也是，別這樣。」小麥阿姨和劉巴克一早就聽阿炯抱怨昨晚的事情，雖然也不太高興，但小麥阿姨個性溫和，還是勸了阿炯幾句，又看到劉巴克對亦凡吐舌頭扮鬼臉，連忙制止。

「亦凡你也是，你那樣說話不好。」

「是，小麥阿姨，我很抱歉。呃，對了炯伯，林伯從早上就不在房裡，我也想跟他道歉，但一直找不到他，我有點擔心餒。你知不知道他在哪裡？」

「哇！你還會擔心喔？」

「炯哥！」小麥阿姨又輕拍了一下阿炯。

阿炯撇了撇嘴，才不甘願的說：「好啦。我告訴你，但我還沒原諒你。那傢伙剛收拾行李回家去了，應該是要回去找女兒。」

「啊？怎麼那麼突然，昨天林伯不是有說他女兒應該會來嗎？」

「對呀，是說會來，但後來又反悔啦。現在的年輕人說話都不可信啦！」

雖然阿炯說冠廷是因為女兒才跑回家的，但亦凡還真怕冠廷其實是被自己氣走的，便急著道：「炯伯抱歉，謝謝你喔。」接著就急急忙忙的離開住戶中心，朝著海上列車的車站去了。

「呼……我的媽呀！現在怎麼還有這種沒電梯的公寓。林伯以前每天都要爬這麼多樓梯嗎？」一個鐘頭之後，剛爬完五層樓梯的亦凡用力的喘著氣，好不容易抵達冠廷位在臺南市區的家門口。他現在已經豁出去了，探親會有其他工作人員處理，而他必須做的就是跟冠廷道歉，否則無論探親會辦的再好，他都過意不去。

「拜託，別再罵我了。」按下門鈴的同時，亦凡在心裡這麼想著。

「請問你是？」開門的是一位三、四十歲面容憔悴的女子，她疑惑的詢問亦凡的來意，亦凡也已經猜到，眼前這位女性，應該就是冠廷的女兒林云柔了。

「妳好，妳應該是云柔吧？林伯伯的女兒？妳好，我是亦凡，在安寧島的工作人員，也算是⋯⋯妳父親的朋友。」

「啊？你就是那裡的⋯⋯」聽到亦凡的自我介紹，云柔顯然十分緊張。

「嗯，請問是我父親要你來的嗎？」

「林伯伯叫我來？不是的，其實是我處事不周惹林伯伯生氣，所以我特地來找他道歉。」

「他生你的氣？為什麼？但他沒有回來呀！」

「林伯伯早上離開的，我想是我昨天說話不謹慎，惹他生氣。不過⋯⋯」看著神色緊張的云柔，亦凡想到了阿炯說的話。

「林小姐，林伯伯之前好像有說妳今天會來看他，但林伯伯的朋友說妳臨時不來了。請問發生什麼事了嗎？」

「我⋯⋯我爸爸在安寧島過的怎麼樣？」云柔沒有回答他，只是自顧自的反問道。

「林伯伯過的很開心，至少我看起來他很開心啦！只是他說妳很少聯絡他。喔！還有我昨晚惹他不高興了，但除此之外，他應該過的很好。」

云柔看著亦凡，似乎在評估這個男人說的話可不可信，過了許久才終於開口道：「我也不是故意不聯絡我爸爸，一開始只是因為送他去的時候，我們有稍微吵了一下，所以我不太好意思聯絡他。本來想等一陣子不尷尬了，再多跟他聯絡的。可是後來新聞常常播報一些你們安寧島的負面新聞，一些名嘴說把父母送去安寧島的人很不孝順，根本是拋棄父母。還說你們那裡環境不好，之前廣告是騙人的。可是我能怎麼辦？」云柔越說越大聲，最後竟然哭了起來。

「我又沒有能力照顧他，萬一聯絡他的時候，他跟我說在那裡過的很糟怎麼辦？萬一去探親會，看到他過的不好我要怎麼辦？難道我有辦法把他接回來嗎？我以為他在那裡會過的很好的，你們那邊到底是怎樣，你說他過的很好，那你怎麼惹他生氣？現在人還不見了，不是說環境很好，我才硬把他送去，怎麼搞成這樣啦！」

云柔雖然是在質問亦凡，但聽起來更像在發洩自己的心理壓力，亦凡根本不知道該怎麼回答。

「我過的很好啦。」正在亦凡不知所措時，身後卻傳來冠廷的聲音。

「林伯！你怎麼比我晚？」亦凡本就在想冠廷沒有回家會去哪裡，現在總算看到冠廷出現，終於稍微放心了一點。

「沒有啦。就快兩個月沒回臺南，想說先在附近晃一下，回來就看到你們在門口。來，進裡面坐著說啦。」

冠廷說的輕巧，其實是回到臺南之後，就在後悔自己的衝動，又不想跟女兒吵架，所以在家附近晃了很久。直到剛剛冷靜了才想回家跟女兒好好談談，剛好看到亦凡來這裡跟云柔說話的過程。不過他這一晃，倒是讓他聽到女兒的心聲。

「妳不用擔心，他們那裡還不錯，除了這小子有點白目，其他都很好啦。妳新聞看到那些，是有人惡意中傷，假新聞妳當放屁就好。」冠廷說道。

「真的喔？」

「廢話，拎北還會唬爛妳喔？還有，哪有人像妳這樣，看個新聞就像天要塌下來一樣，還不敢回訊息的？妳不回訊息我是會過比較好是不是？那邊什麼都好，就差妳沒聯絡我，妳不聯絡我就算了，也不讓小荳聯絡我。那我現在知道妳的想法，也不想怪妳，那妳也知道我在那裡過很爽，不會吵著要回來，以後總可以放心回我訊息了吧？」

父女倆多年來相依為命，雖然平時不愛說心裡話，難免造成誤會，但現在話說開來也就沒事了。

冠廷轉向亦凡道：「你小子倒是有心，還跑來臺南。你探親會不用管了喔？」

「林伯，我還不是怕你生氣嘛。把你氣走了，探親會辦的再好又有什麼用。」

「哼！那你還算有救，沒那麼糟糕。」冠廷先前聽到亦凡在樓梯間跟云柔的對話，知道他真心後悔，也不再生氣了，但隨即又想起了什麼。

「欸等等！說到探親會，那後來張小姐的事你怎麼辦？」

「什麼？張小姐？」亦凡問。

「糟糕，看來阿炯沒跟你說。」

冠廷趕緊把昨天從張小姐那裡聽到的陰謀告訴亦凡，讓亦凡驚訝不已。

「怎麼會，她居然這麼不擇手段。」

「所以說江湖在走，防人之心要有，你小子還是太嫩了。總之我們快回去吧！現在他們應該剛吃完午飯，趕快回去應該趕的上閉幕式。」冠廷道。

「爸我叫計程車，我陪你們去吧！我去房間叫小荳……」云柔也站了起來說道。

在安寧島上，探親會的閉幕典禮正在展開，冠廷和亦凡，以及抱著女兒小荳的云柔才剛剛進入住戶中心的大廳，就聽到張小姐正得意的準備致詞，阿炯則帶著劉巴克等星艦迷同好會的成員來到他們身邊。

「老爸，這個女人我見過她！」看著台上得意洋洋的張小姐，云柔突然這麼告訴冠廷。

「什麼？妳怎麼會見過？」

「我跟你說得到安寧島補助名額那天，就是這個女的來我們家通知我的。奇怪的是，我跟她說我根本沒有去申請補助名額，而且依你的觀念，根本不可能會想來住安寧島。她卻跟我說是政府普查需要幫助的家庭，特別提供的名額。還說你一定會喜歡，要我一定要送你來。」

聽到這裡冠廷終於明白了，他面色不善的說道：「原來如此，那我來安寧島住根本就是張小姐的安排。在這個沒有秘密的時代，想查到一個人的想法根本輕而易舉，這女人肯定是查到我不喜歡跟家人分開，才特意安排我中籤，只要我適應不良想回家去，訪談時就更容易說出一些批評安寧島的話。」

亦凡聽到冠廷的話，也對張小姐的心機感到噁心，他生氣的說：「難怪她都是挑新來的住戶訪問。我就覺得奇怪，最近突然有那麼多長輩得到政府補助，來入住安寧島，而且大多都不是自願來的。入住長照機構的第一個月本來就最難適應。張小姐特意安排這些長輩，趁他們還想家的時候訪問他們，根本就是惡意。」

「哼！別擔心小子，會沒問題的！」冠廷看著台上的張小姐這樣說道。

「各位貴賓，今天歡迎各位來到安寧島。最近，媒體常常報導我們的安寧島環境不好，老人家生活很辛苦，我身為政府派來的評鑑員，有義務讓各位知道長輩們住在這裡的真實感受。我將長輩們在這裡的生活心得都錄下來做成影片了，今天要趁家屬還有媒體都在，要把安寧島的真相公布給大家分享！」張小姐笑著說出這番話，加上今天又是探親會，不明原因的人都以為她是要幫安寧島的負面新聞平反呢！只有冠廷等人知道，這女人根本笑裡藏刀，而隨著張小姐的笑聲，大廳的投影幕上影片也開始播放。

「你輸啦！畫臉！」影片是幾個老人家打扮成老電影「星艦迷航記」角色，一起玩鬧的畫面，之後也有一些玩遊戲喝茶聊天的畫面。竟然是冠廷等人第一次參加星艦迷同好會那天拍的影片。

影片中的長輩們玩的不亦樂乎，甚至還有一位男性在影片中說：「這真是最開心的一天」而說這句話的人正是冠廷。

當然，影片除了星艦迷同好會的玩樂畫面外，也有其他社團的團康活動、長輩們工作以及休閒畫面，內容豐富又輕鬆，讓在場的住戶跟家屬都露出了笑容。與此同時，開始有記者對著攝影機報導，說安寧島看起來非常適合老人居住，並非之前報導那樣糟糕。全場只有張小姐尷尬又錯愕，這哪裡是她準備的影片，這分明是給安寧島打廣告的紀錄短片吧！

時間回到一個半小時前。

「來不及了林伯，就算我們現在回去，也剛好趕上閉幕而已，我想是來不及阻止張小姐了。早知道我就不該答應張小姐讓她在閉幕式致詞。」在計程車上的亦凡急著說。

「現在你後悔也來不及了，還是想想辦法吧。對了！如果我們來不及回去，乾脆就別趕了。」

「啊？」

「我想到辦法了，小子你快打給阿炯。」

雖然不知道冠廷想做什麼，但亦凡還是乖乖的撥了給阿炯的電話。

「怎樣小子？你是找到廷仔沒？」

「阿炯是我。」

「廷仔？喔？小子有找到你喔？你有沒有教訓他！」

「別說這個了！老傢伙，我們要先阻止張小姐。」

「張……啊！我完全忘了這件事！怎麼辦呀？」

「你記不記得高中時，班導師都會沒收大家的香菸，然後會把菸盒放在他辦公桌抽屜裡。然後我們兩個都會偷偷拿空菸盒去掉包，那時班導不僅不會發現，我們還能拿回香菸的事。」

「記得，怎麼了？」

「我們再來一次，只是這次我們不換菸盒，我們換影片！小子平常不是拍了一堆要當作宣傳片段的短片嗎？你想辦法去張小姐房間，把他筆電裡的影片檔換掉。」

「靠，你在那邊講什麼幹話！換香菸盒容易，換影片不行啦！筆電有人臉辨識吧？你以為跟以前一樣隨便插隨便用喔？」

「搞不好她沒設定人臉辨識，我們也只能這樣賭一把了。」

「萬一被抓到怎麼辦，就算筆電沒上鎖，房間也會上鎖。喔！拜託！老劉現在別鬧。」阿炯還在抱怨，一旁卻傳來機哩咕嚕的克林貢語，似乎是劉巴克在說什麼。

「你都沒試試怎麼知道不行，你以前不是很會開鎖。」

「那是年少輕狂……老劉！你別再機哩咕嚕的我又聽不懂。」不知道為什麼，劉巴克一直在鬧阿炯，加上冠廷的提議過於瘋狂，讓阿炯不知所措。

「我能駭進去張小姐的電腦啦！」電話的另一端傳出這一句話，卻不是阿炯的聲音。

「老劉（劉伯）？剛剛是老劉（劉伯）在說中文？」冠廷跟亦凡驚訝道。

「你怎麼會說中文？」電話另一端的阿炯顯然更加震驚，傻傻的看著劉巴克。

「我當然會說中文，所以幹不幹？」劉巴克問。

「兄弟們，開幹吧！」冠廷說道。

剛吃飽飯的張小姐正要回到房間拿自己的筆電，好在閉幕式時播放影片，小麥阿姨卻叫住了她。

「張小姐，我能跟妳談談嗎？」

「小麥阿姨？這個時候要談什麼？」

「我這裡有關於安寧島的大秘密，想要跟妳爆料！但是這裡不方便，我們去我房間說吧？」

「嗯……好吧！」本來對小麥阿姨的話，張小姐有點懷疑，不過如果真有什麼內幕消息，那也是好的。只猶豫了幾秒，她便隨著小麥阿姨前去，殊不知她才剛轉身，阿炯與劉巴克就從她身後的轉角探出頭來。

「要上了，老劉。」

「你先把房門鎖撬開。」劉巴克說。

「知道啦！陳亦凡你這小王八蛋，你在的話直接拿備用鑰匙就好，拎北還需要這樣開鎖？」阿炯罵了在電話另一端聽著的亦凡兩句，接著從口袋裡掏出了兩支鐵絲，在張小姐的門鎖上又敲又轉，沒一會兒門就真的被打開了。

門剛開起，劉巴克就衝了進去，找到了張小姐的筆電，一進入人臉辨識的畫面，十隻甜不辣般的肥短手指便快速的在鍵盤上敲打了起來。

「破解了！」他喊到，只見畫面一閃，隨即進入桌面。

「靠！竟然真的破解了。你怎麼弄的？」阿炯驚訝的看著眼前的矮胖老頭，只見劉巴克轉過頭來得意的說：「這系統是我開發的。」

「好了各位，先換影片。找找桌面或影片資料夾。沒有的話就看看電腦裡有沒有叫探親會或安寧島的文件夾。」冠廷在電話另一邊下達指令，不到一分鐘，劉巴克就在一個名為「安寧島破壞計畫」的資料夾裡找到了那部惡意剪接的影片。

阿炯則拿出了一個隨身碟，裡面存有亦凡拍攝的影片，並笑著道：「張小姐，咱們換個歡樂點的影片吧！」

時間回到現在。

張小姐看著歡樂的影片，卻感到很不歡樂。那總是掛著的笑容漸漸消失，亦凡則趁機上台搶下主持棒。

「謝謝張小姐，這個紀錄影片真的是讓我們非常感動，許多人沒有真的來我們安寧島看過、了解過，卻惡意中傷我們。但透過張小姐的影片，我們真正了解長輩們在這裡的生活是什麼樣子。當然，我們也會繼續努力，增強專業能力，更重要的是……」他看著冠廷、阿炯以及他們身邊的星艦迷們，說道：「用一顆真誠的心給長輩們最好的生活。謝謝大家！」

隨著亦凡的致詞，與會的家屬和住戶紛紛鼓掌，閉幕式在這陣愉快的笑鬧聲中結束了……

一周後的早晨，冠廷精神飽滿的起床。

叮！手機傳來了云柔的訊息寫著：「爸，早安！新的一周平安順利，我帶小荳去上學了，小荳說天氣越來越熱了，提醒你要多喝水。」

「呵呵！」冠廷看著訊息笑了笑，那天云柔跟其他家屬一起坐上海上列車回到本島之後，就比較常傳訊息聯絡自己了。果然，距離什麼的並不重要，真正的重點是感受到對方正在關心著自己。他簡單回了幾句，便前往餐廳吃早餐。餐廳的電視正播放著新聞，記者報導著上週探親會引發的後續風波，那些原本被輿論煽動、腦熱的民眾這幾天已經改變了立場，不再攻擊安寧島，轉而抨擊「孝道守護聯盟」是道德魔人。一些之前裝死的政客也在這時跳出來，攻擊主張廢除安寧島的政客，說他們是為了利益才造謠誣陷安寧島。雖然這些都是政治鬧劇，但無論如何，外界對安寧島的觀感越來越好了。

「林伯，早安！今天下午要不要我載你跟炯伯一起去鎮上？」

「好呀！對了小子，恭喜你度過難關。怎麼樣，什麼時候升官？」冠廷指了指電視上的新聞。

「林伯，其實祖母的確是要讓我接替他的位置，讓我全權管理安寧島，但我拒絕了。」

「拒絕了？」

「嗯，我覺得我還不夠成熟，想再多磨練一下。何況我祖母也沒那麼老啦。」亦凡說道。

「哈哈哈。好，那你就再多陪陪我們這些老骨頭吧。」

「你們也沒那麼老啦！」亦凡也笑著道：「林伯你慢慢吃，我先去忙。」

「好，下午見。」看著亦凡走出餐廳，冠廷又舀了一口清淡的蔬菜粥，不知道什麼時候開始，這碗粥的味道，似乎變的比第一次吃的時候美味了許多！

我的薪水你決定——Nicole

電腦螢幕顯示著一張張照片，照片下方是照片人物的姓名、服務單位、業務職掌，服務單位顯示著教育局、社會局等等，不難看出網頁上顯示的皆是公務人員，特別的是，在每個人的業務職掌下方還有一行：「點我評分」以及「歷屆得分」。

一個西裝革履的男人快速地掃視著每個人的得分，目光偶爾停留在得分特別低的人上。後方的牆上，掛滿了一排排裱框好的照片，皆是這位男人在各大設施、建築前披著紅色背帶剪綵，五花八門、形形色色，有新的公車站、改建過的高架橋、觀光碼頭、社會住宅，甚至是市府大樓前新啟用的無障礙坡道。

他是現任結綵市市長，結綵市前任市長在任時，公務人員仰仗著「鐵飯碗」，市府上上下下瀰漫著濃厚的官僚氣氛，基層靠著拍長官馬屁升等、搞特權、做事不知變通，如辦個結婚登記不認簽名，非要用印章，且一定要出示雙證件證明雙方身分，或是公務人員上班時看影片追劇，還嫌螢幕太小，直接放在市府辦公大樓外公告用的電視牆上。官僚體系敗壞，市民對市政徹底失望，他看準這一點，推出了「我的薪水你決定」這一政策，承諾只要他當選，就讓市民直接評分公務員，並由民眾當年度的評分，決定公務人員的年終獎金。

此政策果然受到結綵市市民的支持，讓他在選戰中大獲全勝。當上市長後，他遵守選前諾言，將結綵市所有公務人員的資訊公開，當民眾與該名人員有業務往來時，即可獲得一次評分機會。如今已是他上任第三年，眼看選舉將至，他邀請各局處首長單獨面談，一方面想要知道「我的薪水你決定」施行至今的成效，另一方面也想尋找適合作為明年競選的新政見。

原本在快速瀏覽的網頁，此時停在民政局的公務人員名單上。

敲門聲響起，經過市長的同意後，一名矮小微胖的中年大叔抱著厚厚一疊文件走了進來，文件之高幾乎無法看到大叔的樣貌，市長不確定地喊了一聲：「王局長，是你嗎？」大叔匆匆忙忙地應道：「是的，那個市長……我帶的資料有點多，不知道有沒有地方可以讓我放一下資料？」市長回道：「先放沙發區的桌上吧。」等王局長把資料放好，在沙發區坐了下來，市長才移到王局長右邊沙發，說道：「王局長，我剛剛看了一下民政局的評分，同仁普遍得分都很高，看起來頗受民眾歡迎的。」

王局長積極地打開面前其中一份資料夾，亮出民政局同仁歷年評分，回道：「報告市長，三年前公務人員評分政策剛上路時，本局同仁在第一線直接面對民眾，碰到不少問題，第一年評分確實偏低。後來我們整理出民眾的反饋，並聘請業界專業客戶服務講師為同仁進行一連串的演講、實作練習，民眾評分開始上升。在第二年達到市府各局處中前三名，今年若沒有意外，應該會繼續維持前三名的成績。」這串話讓市長相當滿意，他試探地問道：「局長對這個制度的看法如何？」

王局長是官場老人，對於如何回復上級的問話了然於心。他早猜到了市長想要的答案，堆滿笑容地回道：「市長這個政策極好，我從二個角度來說，對民眾而言，民政局的服務提升，民眾百利而無害，有區處的同仁為了鼓勵新人來結婚登記，甚至與婚紗公司合作，讓新人可以免費在市府體驗沙龍照。」說著不忘從桌上厚厚一疊資料中翻找出新人的照片，展現給市長看。接著繼續說下去：「從民政局的角度而言，我們針對局內同仁需要的技能提供了教育訓練，而隨著同仁的分數提高，年終獎金也變高，打破了過去公務人員死薪水的想像，也提振局內士氣。這是個可以讓社會進步的政策，是不可多得的德政。」一番話只讓市長聽著心花怒放、笑顏逐開，他大大稱讚了王局長一番。

送走了王局長，下一個走進市長辦公室的是消防局的曾局長。曾局長是從基層消防員打拼升上來的，為人忠厚勤勉，雖然有時候講話過於耿直、不懂修飾，但相當照顧下屬，頗受基層員工愛戴。曾局長一見到市長，還沒坐下就馬上滔滔不絕地說道：「市長，真的不是我要嫌棄市長的政策，只是啊……真的沒辦法做下去了啦！消防員工作風險高、工作時間又長，早就人力不足了，讓民眾來評分政策一上路齁，更沒有人想來當消防員了，新進消防員遞補速度遠趕不上離職、退休速度，這樣下去，早晚有一天各地消防局要關門大吉的啦！」對著一連串的抱怨，市長皺起眉頭，但尊重他是資深局長，仍是客氣地先請曾局長在沙發區坐下，再遞上一杯熱茶。

曾局長喝了口茶，情緒穩定後，繼續將消防局為難之處說下去：「我們在政府機關內吵了好久要讓捕蜂捉蛇的業務轉給農業管理單位，然後吵人力不足、經費不足，吵了好幾年，總算將業務分給農業局了。但民眾一遇到摘蜂巢、捕抓各種小動物等事，第一個還是找消防局，我們弟兄好好跟民眾解釋這些都不再是消防局的業務了，民眾只會嫌是我們弟兄想偷懶、推卸責任，揚言著要去網路上扣他們分數。」

講到這裡，曾局長忍不住搖頭嘆氣，說道：「市長，你說說看，這情況怎麼辦？我當然也知道市長是站在民眾的角度想出這個制度，但公部門不是服務業，公務部門有公權力，總不能為了討好民眾而限縮政府該有的權力吧？」

「前陣子就有這樣一個新聞，一間分局接獲民眾報案說看到民宅冒煙，一個小隊的人趕過去，看到濃煙從房間內傳出，急忙破門衝進去，結果是一位老太太瓦斯開著煮東西，但不小心睡著了，瓦斯爐上的鍋子煮乾了開始冒煙。老太太對我們弟兄不但不感激，先是找律師將他們告上法院，說他們私闖民宅。然後又找來一堆親朋好友，一群人跑來消防局找弟兄們理論。」

曾局長邊說邊搖頭，說道：「這時候還讓民眾評分，決定弟兄們的年終獎金，根本是雪上加霜。民眾自己也不知道要什麼，也不知道要走去哪裡，才需要由政府出來帶領、治理，如果什麼都只會順應民意，政府某天也會迷路的。」

市長思考了一下，淡淡地回道：「謝謝局長的分享，我會請幕僚去拜訪局長，再評估一下哪些局處的人員業務有這些特殊性。」曾局長聽得出來市長話中的保留，很是不滿，怎料市長多問了一句：「先不談這件事了，消防局最近有沒有什麼新設施完工？」曾局長臉一沉，想都沒想便不客氣地回道：

「消防局連人都要沒了，哪來的新設施？」市長聽他言語衝撞，很是不悅，眉頭皺成一團，活像隻沙皮狗。曾局長見氣氛不對，不想與市長正面起衝突，找了個理由匆匆告退。

跟曾局長不歡而散，市長悶悶不樂地翻看行程，想知道下一個面談局處，不看還好，一看頭更大。下一個來面談的體育局可是出了名的問題單位，一下國內賽事的選手名單出錯，選手現場熱身完了才被告知不在參賽名單上，一下被選手及教練投訴，賽前說好會安排運動防護員，結果比賽當天才說預算不足取消人力。評分連年墊底，但體育局的邱局長都不以為意，仍是非常自我地發揮，好在體育並非民眾重點關心項目，幾次出錯當下被罵得狗血淋頭，但過個二三天，鋒頭過了也沒人再提了，再人的事也就沒事了，既然沒事了，市長也就睜一隻眼閉一隻眼了。

市長辦公室的敲門聲再次響起，得到市長的同意後，體育局的邱局長推門走了進來。市長請邱局長在沙發區坐下，直切主題，說道：「邱局長應該清楚這次請局長過來一趟的原因，市府開放民眾評分公務人員後，體育局分數一直在各局處之中倒數，而且有多次出包紀錄，我希望不要再聽到有像上次全國運動會選手名單出錯這種事。同時必須讓局長知道，如果體育局繼續沒有政績，我會考慮重組整個體育局的！」

邱局長是一位五十來歲禿頭大叔，講話慢慢地，對市長這一番下馬威，看不出是從容不迫還是不以為意，不為所動地回道：「上次那件事我也有跟承辦人員說了，但把責任全部推給承辦人員也說不過去，我們局裡只是負責接收各單位的報名表，統整後安排賽事。這種資料要傳來傳去的事，難免忙中出錯啦。大家都只看結果，看不到一場比賽後面要多少人的付出，辦得好、比賽成績好就說與有榮焉，辦不好、出了錯、比賽成績差就要罵政府，民眾啊、媒體啊，都是這樣，這就是民粹啦！」

市長不想浪費唇舌跟邱局長辯解，只是說道：「忙中出錯是人之常情，我可以理解，但太低級不該出的錯，就應該要避免。民眾評分低就是事實，今天找局長來，也想知道局長有沒有什麼具體改善措施。」

市長說完後，邱局長在公事包中翻翻找找，找了半天總算抽出了一份簡報，市長看了簡報封面一眼，上面寫著「結綵市國家體育館興建草案」。邱局長翻開簡報，對市長介紹道：「局內一直在規劃要蓋一座符合國際級運動競技場地、又能兼辦演唱會等娛樂活動的大型綜合型體育場館，已經草擬出了結綵市國家體育館計畫。主場館可以舉辦籃球、排球、羽球、網球等國際賽事，也可以作為演唱會、藝文表演的場地，副館則規劃有溫水游泳池、桌球室、壁球室、室內射箭場，另外有綜合使用空間，可以作為像體操、擊劍、空手道、柔道、跆拳道等訓練及國際賽事使用。之前競圖的結果也出來了，首選為『出水芙蓉、亭亭玉立』，主場館的設計概念是荷花，副館則是綠葉。」市長接過邱局長手中的簡報，先快速翻過不同設計團隊所提出的設計圖、設計理念介紹，再細細地審視首獎的設計，如盛開荷花的主場館配上荷葉造型的副館，雅致又氣派。

邱局長等市長看完了設計圖後，才又繼續說下去：「這座體育館建完後，將是國內最大的國際賽事場館，中央也很重視，已經來局內關心過幾次進度。如果市長能夠敲定這個計畫並發包出去，肯定會是一大加分政績。」接著局長放慢速度，緩緩說道：「除了市長能參加動工典禮外，相信也會讓體育局的評分大幅提升。」「動工典禮」四個字成功勾起市長的注意，一聽到又有地方可以去剪綵，市長態度大轉變，眼睛亮了起來，積極地問道：「目前遇到什麼困難嗎？」

邱局長回道：「市長問到重點了。這個案子一開始時，局內選定安康里一個重劃區，但是其中有幾戶遲遲不願意搬遷，導致安康里的建地一直無法敲定。後來才決定尋找備案，很幸運地在幸福里找到符合的用地，經過幾次場勘跟會談，局內都已經要敲定在幸福里的時候，安康里才傳來消息，說最後幾戶終於談妥，上星期住戶已經全部搬離，安康里的重劃區現在也可以使用了。我們現在面臨一個難題，到底要蓋在安康里還是幸福里……這個問題有點突然，局內開了一次會議，不過還沒什麼結論跟想法。所以也想說趁這次面談，向市長報告，也徵詢市長的想法跟意見。」局長邊說，邊從公事包中找出關於安康里及幸福里用地的介紹，遞給市長。

市長接過資料，非常仔細地閱讀，並拿起筆做起筆記，二份資料看完，市長已有想法，他走回辦公桌，撥通桌上的電話，同時抬頭看著那一排排地照片，手指輕快地敲打著桌面，已經開始想像著國家體育館動工典禮剪綵要用哪把剪刀。

一週後，幸福里里民中心看起來有盛大活動，里民們成群地湧進里民中心，加上一家家趕過來前仆後繼、絡繹不絕的媒體，里民中心原本排好的位置根本不夠坐，人潮將里民中心塞得水洩不通。前來的民眾中，有不少年輕夫妻帶著孩子，或背或抱，年紀較大的孩子有時不受控，一下暴衝、一下滾地大哭大鬧，與後排一臉嚴肅正在架設攝影機的記者們，相映成趣。

幸福里的李里長是位年紀約莫四十來歲的大媽，亮色背心大大繡著「幸福里里長李秀琴」，她一邊忙著跟里民們寒暄，一邊迫切關注著門口的一舉一動。見遠遠幾台黑色轎車向著里民中心駛來，她急急忙忙穿越過重重人群及媒體攝影機，朝著門口奔去，媒體見外面有動靜，顧不上攝影機的架子，扛著攝影機一起往外直奔。只見市長一下車，里長率先衝上去與市長握手，緊接著大批記者舉著麥克風及攝影機圍住市長，鎂光燈下，一連串的問題傾瀉而出：「請問市長今天是要公布國家體育館的最終計畫嗎？」、「未來體育館新建完成，市長覺得我們會有機會去申請如亞運、奧運之類的國際賽事嗎？」、「體育局在民眾評分中得分一直很低，市長怎麼看？是不是代表市長其實一點都不重視體育？」看大家擠成一團，市長身邊的隨扈趕忙推開媒體，扯開喉嚨喊道：「各位媒體朋友請借過，今天沒有開放聯訪，等等座談會後會開放提問，歡迎媒體朋友將問題留到座談會後。」一片混亂中，可能就屬李里長最為得意，搶到角度完美入鏡。

與市長在人群中困難的前行不同，體育局的邱局長像被無視一般，在人潮後面帶著體育局的官員順利地走進里民中心，率先在台上找到自己的位置坐下。隨後市長及幕僚則在會場人員的指引下入座。經過主持人簡單介紹，市長起身致詞：「幸福里里民及媒體記者朋友們大家好，今天來到幸福里，就是希望有機會親自與各位里民面對面來介紹國家體育館計畫。體育局的邱局長及同仁為了這個計畫，也多次拜訪幸福里，相信大家已經不是第一次見到邱局長了，也知道市府計畫在幸福里新建國內最大的國家體育館，透過整體體育環境的改善與優化，帶領國家體育走向世界。接下來我們會由邱局長向各位介紹整個計畫，同時，各位市民也知道，我相信公務人員就是公僕，政府的存在就是為人民服務，從我上任以來，一直將民意視為施政的核心，甚至讓市民們可以直接為市府的公務人員評分，因此，也想藉著今天這個機會，聽聽里民們的建議跟想法。接下來，讓我們請邱局長來做進一步介紹。」

邱局長的簡報早已準備好，幾句寒暄問候後開始講起國家的體育政策，一番長篇大論後，台下孩子們早就坐不住，一下左邊有嬰兒大哭、一下右邊有孩子吵著要上廁所，邱局長完全不為所動，在此起彼落的哭鬧聲中，終於進入到主題。螢幕上投影出主場館及副場館，巨大的荷花及荷葉設計馬上吸引住大大小小的目光，局長先講述設計理念「出水芙蓉、亭亭玉立」，接著再一一介紹主副場館內的設施、裝潢，整場簡報收尾在預定開工時間及完工時間。邱局長的簡報一結束，主持人還沒來的及說話，坐在台下的李里長就迫不及待地跳起來發言：「邱局長跟體育局的同仁們為了這個案子，已經來幸福里場勘、拜訪很多次了，里民們都非常支持、也非常期待看到國內最大的國家體育館。市長今天難得來這裡，應該有注意到，幸福里的孩子特別多，說真的，幸福里近幾年都是全市出生率最高的里，把國家體育館建在這裡，就是給孩子們最好的禮物啦。我要代表幸福里謝謝市長跟體育局，願意給我們的孩子們那麼好的禮物。」

主持人被里長搶麥，顯著有些尷尬，趁著空檔搶回發語權：「謝謝李里長的鼓勵與肯定，以下我們先開放民眾提問，等民眾提問完後再讓媒體詢問。」台下好幾個民眾舉起了手，主持人先點了坐在前排一位穿著格紋洋裝、帶著男童的媽媽，孩子坐在一旁，看起來已經小學中高年級。那位媽媽問道：「請問一下，場館裡面會有親子設施嗎？如里長所說，我們這裡的孩童特別多，場館建置完成後，可以邀請專業師資來開設兒童培訓課程嗎？」

市長與邱局長對望一眼，從彼此的眼神中，都流露出不想面對這個問題的神情，市長使了個眼色給主持人，主持人會意，堆滿笑容的說道：「謝謝您的提問，為了把握時間，我們先蒐集大家的問題，再由市長及局長一起回答。」說完，又點了舞台左方一位戴黑框眼鏡、穿著正裝的中年男子，看起來就是高社經份子，他一針見血地問道：「市長、局長好，我是幸福里的居民，已經在幸福里住超過30年，這邊有二個問題想請教：第一是國家體育場館會開放給一般民眾使用嗎？如果有開放，幸福里的里民們會有折扣嗎？第二個問題是場館不管是給國際賽事或表演使用、或是開放給一般民眾使用，其收入是否會有部分補助社區建設？」看著一旁許多民眾跟著點頭，很明顯是大眾關注的問題。

緊接著最後一位是後排看起來還是大學生的年輕男子，男子挑釁地問道：「我們私下有聽說體育館的場址其實還沒有選定，幸福里只是選項之一，現在市長跟局長講的，是不是只是說說而已，會不會最後選擇另一個地方，現在在說的都不算數？」此言一出，台下一片嘩然，連媒體都將鏡頭轉向提問的民眾，倒是台上的人都非常平靜，看起來是有備而來。

市長起身，從主持人手中接過麥克風，平靜地回道：「我先回覆這位民眾提問，關於國家體育館的場址，市府這邊確實有二個選項，目前還在評估考量。但我們今天來到幸福里辦理座談會，就是希望民眾在計畫的初期就能夠參與其中，告訴市府大家的想法。這是國家級的場館，能蓋在結綵市是全市民的榮耀，我期望的是幫全體市民向中央爭取使用場館的優惠，這點我敢保證。」

李里長聽到這邊又坐不住了，激動地站起來說道：「一定要拜託市長好好考慮、好好評估，我們幸福里一直以來都很配合市府的各項政策。看看今天里民出席那麼踴躍，也是證明里民對國家體育館的重視，市府同仁對幸福里的付出及努力，我們一定也會在評分上回報。」

主持人又再次被李里長插話，顯得有點無奈，趕緊搶回話語權，說道：「謝謝市長的回應跟里長補充，接下來有一點時間，我們開放媒體提問二個問題好嗎？有哪位媒體朋友要向市長或體育局發問的？」

後排記者像排練好一般，同時間舉起了手，主持人猶豫了一下，選了一家平時對市長較為友善的媒體記者。記者問道：「根據市長所說，目前有二個場址選項，最終會用什麼方式決定場址？我們大家都知道，市長施政一直都是把民意放在最優先的，市民會有機會直接參與最終場址的決定嗎？」

市長對於媒體的問題顯得更為重視，聽完記者的問題後，馬上回應：「民意優先一直是我不變的堅持，這也是為什麼我們在規劃初期就來到地方與民眾交換意見。請幸福里的各位，跟市府齊心協力一起為國家體育館努力，期望讓體育館早日動工！但是最終場址的決定，要考慮的面向很多，傾向會交由市府專業團隊做最後決定。」

第二家媒體發問，問題相當犀利：「民眾評分制度上路後，體育局的得分一直都不理想，而且負面評價不斷，市長打算用這樣的團隊來承辦這麼重要的國家建設嗎？有沒有考慮解散重組體育局？」

市長忍不住看了邱局長一眼，卻見邱局長一派輕鬆，對於記者如此針對性的提問顯得漫不經心，市長心生不滿，拿起麥克風回道：「做不好就下台，這並不是負責任的態度，成熟的政治人物應該是要勇敢去面對失誤、檢討失敗，而績效不彰的局處，也透過民眾評分的方式得到警告並減少年終獎金，透過這樣的機制設計讓相關人員有所警惕。不妨讓親身體驗的邱局長來進一步回復。」非常巧妙把話鋒轉向了當事人。

被點名的邱局長不慌不忙地從市長手中接起麥克風，說道：「對於民眾的建議、評論啊，體育局一定虛心受教。但我也希望強調，評分不佳跟有沒有認真做事也是二回事。就如剛剛里長說的，局裡的同仁為了這個案子，長期都與幸福里保持良好的溝通，今天座談會中大家所關心的問題，我也會帶回局裡好好討論的。」對於邱局長的回覆，記者們很明顯一點也不買帳，另一家媒體還沒等主持人點名就直接回道：「局長說的好好討論是什麼意思？什麼時候會給大家說明回應？」

地方座談會的主持人真的不好當，一下被搶麥，一下要幫忙台上的主角們從砲聲隆隆的提問中解危，更要拿捏好局面，見媒體發問越發激烈，主持人趕忙出來圓場：「不好意思，今天座談會的時間已經到了，市長跟局長還有後面的行程要趕。為了不要耽誤後面的行程，我們在這邊一起謝謝市長跟局長、也謝謝各位媒體朋友以及撥空參加的里民們，就如市長、局長所說，國家體育館的計畫才剛開始而已，相信未來還有很多機會繼續討論。」市長抓準了空檔，向民眾揮揮手後匆匆離場，邱局長緊跟在市長後面一同離席。

幸福里的座談會過後一週，輪到了安康里。有了幸福里的經驗，市長一再跟幕僚抗議媒體記者只是把事情弄得更複雜，非常抗拒邀請媒體出席，但幕僚非常堅定，強調二場座談會規模一定要相等，才不會被非議。於是，媒體記者再次圍住了安康里的座談會現場，市長及邱局長一下車，依舊被媒體包圍，千奇百怪的問題迎面而來：

「我們都只有看到市長跟市政團隊在跟地方溝通，都沒看到中央政府部會首長參與，是否說明中央並不重視這座國家體育館計畫？」

「安康里重劃區釘子戶的問題延續快十年，有傳聞市長是用非常高額的補償金解決的，可以請市長說明一下嗎？」

「針對民眾評分偏低的局處，聽說市府有討論會考慮撤換首長，是否真有其事？」

市長聽從幕僚的建議，仍然不開放堵訪，比照幸福里的座談會，保留會後媒體提問時間。面對各種問題，一言不發，只是微笑點頭致意，一路朝會場走去，邱局長帶著其他體育局官員，跟隨其後一起走進會場。安康里的座談會是辦在預定地上，整片地已經拆除原有建築並整理過了，荒地上搭了一座臨時大棚作為座談會現場。安康里參與的民眾與幸福里截然不同，台下民眾自備布條、旗幟，有的來自社區發展協會、有的來自地方商圈發展促進會、有的來自家長團體，與會的人員多半沒有攜家帶眷，氣氛顯得嚴肅許多。

市長與邱局長一踏進棚內，安康里的里長領著各協會、團體的會長、理事長、秘書長迎上去與市長與邱局長致意：「市長難得到安康里，我是安康里的里長何昇，為了歡迎市長的到來，今天我們里內幾乎各協會、發展促進會及地方團體的幹部都到場，一方面表達我們對於國家體育場館的支持，一方面也希望藉此與市長、邱局長交換意見。歡迎二位的到來。」安康里何里長也穿著繡著名字的亮色背心，但長相斯文、談吐文雅，看的出來是知識份子，市長聽著出來里長話中有話，不敢大意，上前向各個「長」們一一握手。

一番問候過後，市長與邱局長在台上就坐，座談會過程皆一樣，先由市長致詞，再由邱局長介紹整體計畫，較為不同的是邱局長已在幸福里辦次多次座談會，但在安康里是首次，除了場館本身的設計，他花了更多時間在介紹整個國家體育館計畫的源起、計畫構想。台下的聽眾顯著相當專注，也有些嚴肅，與幸福里氣氛截然不同。

在邱局長介紹完後，進入到民眾提問，第一個舉起手的，是地方商圈發展促進會的秘書長，問題非常契合地方發展：「請教一下，國家體育館館內會有商場或餐廳嗎？如果有的話，商場或餐廳可優先讓在地商家進駐嗎？」

秘書長問完後，台下一片沉默，無人再爭著舉手發問，看來都非常關注這問題，市長見氣氛嚴肅，不敢輕忽，眼神暗示邱局長回答秘書長的提問。邱局長會意，不疾不徐地回道：「非常好的問題，謝謝秘書長指出這個問題，但如剛剛簡報中所說，市府目前有二個預定地，還在做前端的評估，雖然已有設計理念及初步設計，但還沒進入細部設計。商場及餐廳設計會在細部設計時做更詳細的討論。」給了一個講了跟沒講一樣的答案，參與的民眾顯著非常不滿意，另一個穿著社區發展協會背心的大哥手都沒舉就不客氣地問道：「那什麼時候才會有定案？我們這裡是結綵市最熱鬧的里，攤商一位難求，市府不要用這塊地，很多人在排隊呢！」

主持人適時跳出來圓場，說道：「各位里民不要急，就如市長跟邱局長所說，國家體育館計畫還在討論階段，市長與體育局局長也是希望在計畫早期就先能跟各位里民溝通，了解大家的需求……」主持人話還沒講完，何里長就舉起手來，客氣但略帶強硬地說道：「我可以說幾句話嗎？」主持人不太確定地看向市長，看到市長點頭示意後，趕緊說道：「有請何里長。」

何里長起身說道：「謝謝主持人。」雖然口中是向主持人致謝，但目光一直鎖定市長，接著說道：「我想今天參與的里民們都了解國家體育館還在討論的初期，但希望市長能感受到里民們的急迫。畢竟這塊地經歷過多次波折，開發計畫改來改去，再加上安康里一直都是結綵市最熱鬧的商業區，許多人想來這裡做生意，卻一位難求，所以大家急著希望知道這塊地未來的規劃。我們不知道你們有多少政治算計，只想讓各位知道，你們的決定，都會對當地民眾有直接影響，請市府在做決定時，務必優先考慮地方民眾福祉。」何里長一講完，台下馬上傳來熱烈地鼓掌聲。

市長不敢輕忽，拿起麥克風回道：「我上任以來，一直都將民意放在施政優先考量，開放民眾直接評分市府公務人員，就是一個證明。這邊要特別感謝里長直接告訴我們地方的想法，在進行後續討論時，我們一定會將地方的需要放進考慮。但要請各位里民給市府一點時間，市府一定儘快做出決定。」說完，使了個眼色給主持人，暗示主持人趕緊進入下一個環節。

主持人會意，說道：「謝謝安康里里民的提問，現在開放現場媒體提問，時間的考慮，今天只開放二個問題……」主持人話還沒完，後面媒體區人人爭先恐後地舉起了手，主持人先點了一家只有網路媒體的記者，記者的問題乾淨俐落：「市長已經在幸福里跟安康里各辦了一場座談會，都說會好好討論、儘快做出決定，是否方便透露什麼時候會做出最後的決定？」市長眉頭一皺，這個問題被民眾追問、也被媒體追問，實在不好敷衍，他轉頭低聲向邱局長討論了幾句，拿起麥克風回道：「市府同仁了解這是大家最關心的問題，我們今天也希望拿出市府最大的誠意，我在這邊答應各位，一個月後會給出進一步的回覆。」

主持人待市長講完，才點了下一個記者，下一個問題卻是針對「我的薪水你決定」的政策：「不管最後決定蓋在哪裡，看起來是二個里的事務，請問市長到時會開放二個里的民眾一起評分參與決策的公務員嗎？還是只開放最後中選的里可以評分？」市長想都沒想，爽快地回道：「既然是二個里的事，那就該讓二個里的里民們都能評分。」坐在一旁的邱局長本來一臉老神在在，聽到市長的回答後，不禁露出錯愕的表情，但很快又恢復一臉無所謂的神情。

雖然媒體看起來還沒問夠，一堆記者高高舉著手，想搶到提問的機會，但主持人見市長跟邱局長無意再與媒體周旋，便向與會民眾及媒體致謝，匆忙結束了這場在安康里的座談會。

翌日，包含市府秘書處、財政局、體育局、工務局、主計處等局處首長皆收到由市長辦公室寄發的會議通知，除此之外，市長還邀請了都市計畫、體育行政、土木工程等領域之專家學者，會議之盛大，可想而知。會議當日，會議室排排坐滿了幕僚團隊、市府官員、民間專家學者，市長坐在主席座位，一臉嚴肅。平時這種大場面會議時，體育局都被擠到邊邊角角，這次體育局邱局長卻被安排坐在市長旁邊，也不知道是種殊榮，還是只是方便市長就近看管。

市長待與會人員皆就座後，不浪費時間廢話，直接切入正題：「今天會議主題跟資料都附在會議通知裡提供給各位了，想必在場各位都非常清楚今天要討論的議題，關於國家體育館的場址選擇。該計畫最一開始是鎖定安康里重劃區，但是卡在住戶不願搬遷的問題，拖了好幾年都沒有進度，隨後體育局開始評估幸福里的用地。體育局經過多次與幸福里溝通協商，幾乎要敲定場址時，安康里又傳來消息說重劃區的問題已經解決，住戶也全面搬遷完了。所以市府現在面臨了一個困難的選擇題，國家體育館的場址，該選擇安康里還是幸福里？」

市長停頓了一下，又道：「困難的原因，在於這是一個沒有正確答案的選擇題，我親自帶領市府團隊走訪了二個里鄰，二邊是截然不同的風格，但確實都是可行的場址。」說著，市長不知道從哪裡抽出一把剪刀，將剪刀往桌上一放，充滿期待地又繼續說下去：「希望借助各位的智慧及力量，一起完成這個艱鉅的選擇，早日讓我們的國家體育館動工！」

市長秘書處是由副秘書長代表出席參加會議。體育局在市府以出包聞名，搞得秘書處常常要召開記者會，為體育局收拾各種殘局，但當要寫檢討報告時，體育局上上下下又是各種不配合，秘書處早就積怨已久，面對體育局的案子，秘書處沒有好臉色，副秘書長第一個發言就充滿火藥味：「會議開始前秘書處想要提醒一下，體育局的事情終究還是要留給體育局自己做決定，其他局處只是站在各自業務職掌，提供參考意見，這點還請在會議紀錄上務必寫清楚，以免到時候出了什麼問題又把所有局處都扯進去，我們可不想陪著體育局一起被扣獎金。」

市長前一秒才鼓舞著要大家一起努力，沒想到副秘書長下一秒鐘馬上潑冷水，市長臉色沉了下去，正想要說幾句話緩和一下氣氛，偏偏被搞不清楚狀況的工務局搶先：「謝謝副秘書長，工務局就站在工程的角度提供意見。我們內部有注意到設計理念是以安康里為背景，雖然還只是設計理念，工程發包後應該會重新規劃細部設計，但如果能建造在原設計場址，應該可將建築的各項設計發揮得更好。」果然是官，總是能有講出聽起來好像很有道理，但仔細想想好像沒什麼深度的意見，但出乎意料的是都市計畫學者也跟進附和工務局的說法，說道：「此外，安康里那塊地本來就是重劃區，重劃初期就已經將國家體育館考慮進去，從整體都市計畫看來，安康里會是更好的選項。」

市長見與會人員漸漸進入狀態開始討論，不好再多說秘書處什麼，此時另一位與會學者剛好也舉起手要發言，這位學者是國內研究體育行政、法規的專家，他關心的面向也與市府官員們不一樣：「近年國內運動風氣盛行，而且觀看體育賽事的民眾人數也逐漸增加，是否有可能建造二座國家體育館？就像有些城市有大巨蛋跟小巨蛋一樣。」這番發言引發主管財政的部會一陣緊張，財政局的代表馬上回道：「財政局這邊回應一下，就算國家體育館有中央補助款支應部分預算，還要有地方自籌款，目前市政預算只夠支應一座國家體育館，如果要蓋二座國家體育館，需要進一步評估預算從哪裡來。」一旁主計處的代表點頭如搗蒜，不能再贊成更多了。學者碰了個軟釘子，不開心全都寫在臉上，便沒有繼續發言。

市長早就無心注意官員、學者們你來我往的發言，滿心想著動土典禮該穿什麼、該說什麼，不時把玩著桌上的剪刀，只弄得剪刀喀擦喀擦響。其他與會人員也沒人注意市長的小動作，依舊專注在會議上，副秘書長似乎想看好戲，接道：「剛剛幾個局處以及與會專家學者都給出了各自的想法跟建議，但好像還沒有聽到體育局的想法。」

邱局長被點到名，不疾不徐地慢慢回道：「感謝各局處以及各界專家提供的意見。自從安康里重劃區無法確認何時可以使用後，體育局就積極開始尋找替代方案。二年前開始與跟幸福里溝通，幾次地方說明會、座談會下來，雙方已經有非常好的共識，相信後續工程推動一定可以很順利。此外，幸福里這五年來一直是結綵市出生率最高的里，人口穩定成長，將國家體育館建在幸福里，便是結綵市送給孩童最好的禮物，同時也可突顯市長對於孩童成長的重視。至於安康里……」邱局長停頓一下，似乎在思考措辭，繼續說道：「安康里的商業氣息比較重，上次與市長一起參與地方座談會，可以感受到比起發展、推動體育，安康里更關心國家體育館所帶來的商機。站在體育局的角度，我們會更傾向幸福里。」

市長還沒有反應過來，財政局的代表忽然說道：「但我們也必須仰賴國家體育館商場招租去平衡財政，商業氣息濃厚，將更有利於招租，相對更能回收成本，未必是缺點。」

邱局長看了財政局的代表一眼，沒好氣地回道：「一個不需要站在第一線面對地方的壓力、民眾的指責的部會，滿腦子只想著錢錢錢，出了問題被民眾抱怨被扣薪水的也不是你們。你們知道一個工程要能推動，後面有多少複雜的勢力嗎？」邱局長成功激怒財政局的代表，只聽他也不客氣地回道：「邱局長說的是，財政局只關心錢，還請局長記住，不管誰來做事、或者做什麼事，道理都是一樣的，有錢好辦事，沒錢就是萬萬不能。」

看戰火一觸即發，副秘書長抓好時間跳出來，一方面滅火，一方面把球丟給市長。他望著把玩著剪刀，一副心不在焉的市長，說道：「我在會議一開始就已經說清楚了，各局處只是站在自己的專業及立場給予建議，最後決定還是要回到市長跟體育局，各局處已經都已經表達意見了，不知道市長有沒有什麼想法？」

市長還沒有回話，一直在後方觀戰的幕僚突然開口，說道：「何必把這題當成選擇題呢？」此言一出，會議室中所有人全部看向了幕僚，吵鬧的會議室瞬間安靜下來，只聽到剪刀喀擦喀擦的聲響迴盪其中。

今天是市府國家體育館的說明會，正如市長在安康里座談會中做出的承諾，一個月內給出進一步的回覆。這場說明會辦在市政府辦公大樓的禮堂內，除了幸福里、安康里的里民們，也來了不少關心公共事務的民眾們，出席人數遠遠超過預期，瞬間擠滿了整座禮堂，一旁工作人員正忙著搬出備用的椅子。有了前二次座談會的經驗，市長堅決不開放媒體出席，為此幕僚只好編了一個理由：「地方溝通優先。」勉強敷衍過去了。

換了一個場地，完全不影響幸福里李里長的發揮，她一樣穿著繡著名字的亮色背心，殷勤地招呼認識的里民們，如花蝴蝶一般在人群中穿梭，在她的招呼下，會場左方漸漸形成了幸福里據點。安康里的風格完全不同，何里長直接包車邀請社區發展協會、地方商圈發展促進會、家長團體各團體代表們一起出席，一群人浩浩蕩蕩走進會場，直接佔據了會場右方，一如在安康里的地方座談會，各團體代表一入座就拉起各種旗幟、布條，氣勢馬上不同。

市長領著體育局邱局長以及體育局官員們準時抵達大禮堂，由主持人簡單地開場後，便進入了座談會的主題。出乎意料地，這次由市長親上戰場，進行場址選擇的簡報。

只聽市長自信滿滿地說道：「近幾年學生體適能表現及全民規律運動人口逐漸上升，運動產業逢勃發展，且選手於各級國際賽事屢創佳績，有鑑於此，我國刻正投入硬體設施發展，希望完善國內體育發展。很榮幸的，經過中央與地方共同努力，數年前終於敲定國家體育館將於結綵市新建。但如果各位所知，因為過程中錯綜複雜的問題，以致我們同時出現了二處預定地。

「為了更清楚了解二處民眾所需，我也親自帶著邱局長實際走訪了幸福里及安康里，很高興今天看到二個里的里長及里民們也撥空出席。」說著，市長不忘簡單地分別向各據一方的二位里長點頭致意，接著話鋒一轉，帶入正題：

「考量幸福里這幾年都是結綵市出生率高的里，且有親子設施的需求，市府規劃將具有溫水游泳池、桌球室、壁球室、室內射箭場及綜合使用空間的副館建在幸福里，市府也會積極尋找合作單位，進駐到場館中，開設幼兒、孩童培訓課程。而可以舉辦籃球、排球、羽球、網球等國際賽事，及舉辦演唱會、藝文表演的主館，將蓋在安康里重劃區，期許透過運動賽事及演唱會、大型表演活動，促進地方商業發展。」

「主場館及副場館的設計都不會改變，在幸福里的副場館是荷葉造型，代表『欣欣向榮』，同時也呼應著幸福里的活力及生機；在安康里的主場館則是盛開的荷花，意旨『亭亭玉立』，將成為結綵市地標，引領安康里及結綵市走向國際。我們相信這樣的規劃對二個里都是百利無一害的，為此，市府今天也準備了一個小的儀式，希望邀請幸福里的李里長及安康里的何里長一起上台按下啟動按鈕，代表市府與市民齊心協力，一起開啟國家體育館計畫。」說著左手向舞台左邊一揮，只見一旁的禮賓人員早已準備好紅色背帶、儀式用啟動按鈕，各種道具一應俱全。

這是幕僚在會議中最終提出的解決方案，在幸福里及安康里各建一座場館，則二邊都不得罪，且也不會有大幅的預算提升，雖然在內部會議中仍有與會人員質疑，包含體育局邱局長。然而市長大力支持這個提案，更是迫不急待要在市府說明會上發表，正因如此，才改由市長親自簡報。

修正方案同時符合幸福里及安康里地方座談會的期待，市長本來自信滿滿會受到民眾的肯定，沒想到台下一片沉默，安康里的何里長第一個舉手發言回應：「可能是我才疏學淺，不懂市府的規劃，一個國際性的場館被拆成東一塊、西一塊，這還能當成國家的代表性建築嗎？」

幸福里的李里長也非常不高興，加上她本來就是心直口快，對著安康里何里長說道：「你們不要得了便宜還賣乖，邱局長花了那麼多時間來幸福里溝通，都已經快敲定了才半途殺出安康里，把好好一個完整的規劃弄得亂七八糟。我們花了那麼多心力溝通、討論，最後主館還蓋在安康里，我們幸福里只剩下副館，給我們片葉子是什麼意思？還說什麼欣欣向榮，根本就是殘枝敗葉！」李里長講出幸福里許多民眾的不滿及質疑，她一說完，會場左方馬上爆出一陣喝采。

何里長沒想到李里長竟然會把矛頭指向他，不甘示弱地反擊：「我們絕對歡迎國家體育館蓋在安康里，也尊重幸福里與體育局一路以來的投入與付出。但最後的結果是市府決定的，不是安康里、也不是幸福里決定的，況且我個人對於市府今天提出的方案也非常懷疑，希望市長以及體育局可以給予更進一步的說明！」

市長也萬萬沒有想到與幕僚們反覆討論許久的妥協方案竟然受到二邊的反對，僵在台上略顯尷尬，主持人臨危不亂，及時跳出來救場：「謝謝二位里長的回饋，今天市長親自出席，一定聽到大家的心聲了，不知道還有沒有民眾想要回饋或是提問的？」主持人一講完，會場左右分別各有民眾來勢洶洶地舉起了手，主持人雖然有些猶豫，但是該走完的環節還是得走，只好一一點名。民眾的回饋及提問千奇百怪，也有繼續煽動幸福里及安康里戰爭的：

「請問之後是副館開放給幸福里里民使用時有折扣，主館開放給安康里里民使用時有折扣嗎？」

「主場館跟副場館相隔了快30公里，單獨蓋一座副場館在幸福里，不覺得跟一般的國民運動中心沒什麼差別嗎？」

「市府現在做的決定，感覺更重視國民體育，而不是為了推動競技體育，培育為國爭光的國手。市府對於國家體育政策的想法是什麼？」

「可以知道市府做決策的標準是什麼嗎？還有是誰參與決定的？市長不是一直主打民意優先，這個決策時有民意為基礎嗎？如果有，為什麼今天二個里的里長都很不滿意這個結果呢？」

蒐集完民眾的意見及提問，主持人有點遲疑地轉向市長及邱局長，邱局長搖了搖手，比了個手勢指向市長，示意今天是市長的主場，一切交由市長決定。但市長還沒來得及發言，幸福里的李里長再次搶話：「我們想知道，這是不是最後的決定？就像剛剛很多人說的，我們真的不能接受這個方案啦，還說什麼啟動儀式？如果你們這是最終決定，我們幸福里一定上網給你們這些公務員負評，好好扣你們薪水！」安康里的何里長早就對她的發言不滿，看她又不客氣地插話，更加不滿，聲音也大了起來：「所以我才希望市長可以好好說明，給今天出席的市民、里民們一個說法，可以請妳不要一直插話嗎？」

李里長就是一個直腸子，怎麼能忍受何里長這番指責，氣急敗壞地從椅子上跳下來，指著何里長說道：「若木已成舟、事情已成定局，說再多有什麼用？我的態度很簡單啦，就是反對、堅決反對！」跟著何里長一同出席的各協會、促進會、家長會等代表見李里長如此不客氣，紛紛起身，開始你一言、我一句地回擊。主持人試著努力控制場面，插了幾句話都失敗，雙方氣在頭上，已經是一發不可收拾，只能無奈著看著漸趨失控的現場。

市長見場面失控，早就冒出了開溜的念頭，招手示意主持人過來，低聲耳語了幾句，便見主持人走到講台前方，不理會台下的吵吵鬧鬧，自顧自地說道：「很抱歉今天造成大家的不便跟困擾，無法好好溝通、討論，這絕對不是市府希望看到的，還是希望各位市民可以保持冷靜，好好討論。另外，由於市長及局長接下來還有其他行程，我們今天的說明會就先到此告一個段落。」主持人一講完，市長及邱局長便迫不及待地起身，向鬧哄哄的台下致敬，匆匆離席，留下台下一半的混亂、一半的愕然，以及台上禮賓人員一片尷尬。

這場市府說明會成了市府公務員茶餘飯後最好的話題，一時之間，走在市府辦公大樓，似乎隨時都能聽到有人在討論這場說明會，在流言蜚語的渲染下，甚至傳出了二位里長在說明會上大打出手，經過繪聲繪影的描述，原本沒有的事，都被講的煞有其事。市府辦公大樓上上下下，唯獨二個單位絕口不提半句這場說明會：一個是體育局、一個是市長室。

國家體育館就這樣消失在體育局的業務範圍中，體育局邱局長默默將國家體育館移出市府的工作會報之中，把重心轉移到運動產業上，各種內部會議、對外活動都強調運動產業發展，更如火如荼全力投入結綵市運動產業博覽會的準備，大肆宣傳會中將邀請職業運動員帶領民眾一起體驗與科技結合的運動產品，並由職業運動員拍攝一系列趣味影片，先不論博覽會本身安排的如何，光靠新穎的宣傳，一時間便博得了不少媒體的關注及報導。

另一方面，市長則忙著準備參選連任，在結綵市各種開幕、動工、完工典禮都可見市長披著紅背帶剪綵的身影，每次出席的剪刀還不一樣，有金剪刀、銀剪刀、銅剪刀，剪刀宛如成了市長的一種時尚配件。為了避免重複使用同一把剪刀，市長還特別在每把剪刀上標註是參與哪一場剪綵活動使用，並將每把剪刀當成政績，珍惜地收藏在隨身公事包，當要出席公共場合時，市長時不時讓隨扈展現一下公事包裡排列整齊地剪刀們。一把把閃亮亮的剪刀，像是在提醒著民眾在他任期內完成了多少建設。

同時，「你的薪水我決定」依舊穩坐市長的主打政見，在各類公開場合、媒體聯訪或是社群媒體上，都可聽到市長大力宣傳：「結綵市在我上任以後，推動由市民直接評分公務員，大大提升了市政的效率及品質，就以民政局來說，經過市府公務員多次討論，減少了民眾申辦各種業務時不必要的手續，同時依照民眾的反饋，市府嘗試新增許多便民、利民的業務。民政局由一開始的差評漸漸獲得民眾的好評，而民眾的好評也直接反應在公務人員的獎金上。市民與市府公務人員一起成長，這就是對於市政最好的回饋！」

除了宣傳，市長也放出預告，擬解散連續得分過低單位，朝「你的薪水我決定2.0」進化。「你的薪水我決定」經過華麗的政治語言包裝，成為了市長最大政績，再經過支持者的轉發、渲染，讓市長依舊保持著相當高的人氣，連任似乎勢在必得。

當政治人物拿到權力時，往往忘了自己的名字。就如同結綵市的這位市長，隨著時間流逝，大眾只記得他在各種開工、整修、完工的設施前背著紅色背帶、手持剪刀剪綵的身影，他最有名的政績便是「你的薪水我決定」。然而隱藏在市政後面的種種鬧劇，卻逐漸消失在大眾的記憶之中……

瘋狂體驗營——青山有思

二〇三三年，台灣已成為一座情緒失衡的島嶼，社會上人與人之間因為情緒引發的爭執和暴力日益嚴重，甚至還有年齡下修的趨勢，有鑑於此，教育部和科技部為改善學生因易怒焦躁的情緒失控而導致校園暴力問題頻傳情形，最終拍板定案—高中生必修情緒管理課程。

1

承創高級中學—瘋狂體驗營區

銀色與銀藍色錯落大片反光玻璃，包裹著一座三層樓高有一個足球場大的多邊角大型球體，看起來充滿科技感的外觀，乍看還以為是個現代時尚感十足的博物館，館前圓形廣場正中央一個巨大銀色流線「瘋狂體驗營」的標誌以無限符號∞的軌跡隨機滾轉。

圓弧形入口兩側各設有情緒探測感應手環的接收讀取器，主要作用在確認入場學生身分，同時將當天學生進入校園後蒐集到所有的情緒波動、血液流速、心律、呼吸等詳細資料上傳至園區裡的AI智慧主機—米娜瓦資料庫，米娜瓦會將這些資料加以整合、分析、記錄並分組別類，最後量身打造出適合每位學生的情緒管理課程。

校園、營區大門入口處，以及營區裡，都設有隱藏式人臉辨識掃描器，除了確認進入校區與營區學生的身分外，還能隨時蒐集調度學生在校園內所有臉部微表情、情緒表達等臉部特徵資訊，並將其傳送給米娜瓦。

進入營區後，挑高大廳的左側是架滿整面牆共一百二十台一六五吋大螢幕，每個螢幕即時隨機顯示校區與營區裡所有教室裡學生上課的景象。大廳中間坐落一個頗大的服務台，有位活潑熱情名叫佛洛拉的女性智慧機器人，主要工作負責點名、確認人別、安排課程，與課程結束後發放課程表現紀錄與情緒資料反饋等相關事宜。

大廳右側是一個銀白簡約螺旋向上的金屬樓梯，樓梯後面有扇門，門板雷射雕刻著AI情管分析中控室。樓梯往上就是二層專門給學生上情緒管理課的教室，每層樓教室有大有小，根據上課學生的需求，藉以方便安排個別或團體課程。

沿著螺旋金屬樓梯向上，右手邊第一間八〇五教室門上，淺藍冷光標示目前正在進行的課程〈VR情緒反射體驗課程—超傳說〉，透過門上留空的玻璃窗戶望眼進去，教室裡360度環繞圓弧螢幕上顯示著超傳說遊戲畫面，各種閃燈聲響看得出雙方人馬正打得如火如荼，而二位實際操控玩家頭上戴著VR裝置眼鏡的學生正激動得上竄下跳。

「快，朗博。」方觀人緊張得朝著隊友大叫，還著急地向左閃躲。

就見螢幕畫面中小丑迅速地往左躲開貂蟬的技能，順利升到四級之後，二技能近身攻擊，接平A

後放一大招，貂蟬秒滅。

小丑正開心得意，哪知對方悟空靈敏地走位後快速清理兵線，小丑回神只能被逼退出，連眼都來不及眨，立馬被對方圖倫收割爆血。

「靠！他媽的，掩護，掩護很難嗎。」方觀人邊叫邊罵，一把粗魯地抓下頭上的VR眼鏡，想到自己方才操控的小丑被爆血，一股氣衝湧上心口，左手腕上的手環瞬間發出嗶嗶嗶的提醒聲，但方觀人把它當屁，隨即一腳往身旁操控朗博角色的楊憲學奮力踹去，霎時一個直徑一七五公分的大型瘋狂泡泡足球，碰地一聲閃現把方觀人整個人包了起來。

一旁的楊憲學則是整個人被一雙強壯的機器手臂環住，教室右側咻一聲刷開一扇門，轉眼間他已經被移轉出了教室。

八〇五教室裡傳來AI智慧主機米娜瓦的廣播聲：「觀人！現在請用力大叫三聲，每一聲都要超過一百二十分貝。」

聽著米娜瓦的話方觀人翻了個白眼，只能無奈地深深吸一口氣，用盡力氣在泡泡足球裡大叫，「啊！」

窄小的泡泡足球空間立刻像個強力吸音棉花般，將所有的聲音瞬間束收。而教室裡半空中出現一排虛擬藍色一一〇的數字。

「觀人，妳沒吃早餐嗎？」米娜瓦嘲笑著方觀人。

方觀人使勁地用力吸一口長氣，整個胸腔鼓脹如球，然後用盡全力一吼。

叮咚一聲，一二〇紅色數字出現在半空中，「恭喜，請繼續挑戰。妳知道用力的意思吧。」

「靠！」方觀人忍不住爆口。

「又爆粗口，不好意思，再加二個大吼。」米娜瓦不留情地加重任務。

「對不起，對不起，我錯了啦。」方觀人後悔萬分地在泡泡足球裡奮力扭著身軀，天知道一二〇分貝的吼聲有多難。

就這樣，方觀人在泡泡足球裡往死裡吼，終於湊齊了五個超過一百二十分貝地吼聲，完成任務的同時，大足球立即消失，方觀人跌落在教室裡的軟墊上，滿身汗水瞬間倒地攤平，再無力氣折騰。

「米娜瓦，我們都這麼熟了，下次可不可以手下留情啊。」方觀人癱軟求饒過。

「觀人，妳也知道自己是瘋狂體驗營區的常客，怎麼還學不會控制自己的情緒呢？」

「我……這不是一時失察嘛。」方觀人有些心虛。

米娜瓦讀取著從方觀人穿戴手環傳送過來的生理反應等訊息，一邊著手分析整理，一邊訓斥，「觀人，妳可以生氣，但妳不能動手。」

「我沒有動手啊。」，方觀人還試著狡辯，「而且只是抬腳又還沒踹上。」

米娜瓦將課程記錄下來的畫面，投放到方觀人眼前的圓弧屏幕上，剛才課程的情形立刻以電玩動畫方式呈現在眼前。畫面中的方觀人頭上標註著—心跳數 110 bpm 上下，還有上升的趨勢，呼吸次數一分鐘近30次。而另一邊的楊憲學心跳與呼吸加速，血壓瞬間飆升。

米娜瓦加碼模擬出方觀人出腳的速度與力氣，當時如果沒有制止，正好踢中楊憲學本能反應轉身後的下背部，那恰巧是腎臟的位置，瞬間暴力會造成楊憲學的腎臟破裂導致內出血，因無外傷一時無法覺察，但卻可能造成嚴重創傷性休克甚至危及生命，所有可能發生的情狀全都完整呈現在方觀人面前。

「觀人，妳在營區裡學到不少和情緒控制有關的知識和方法，可是妳的狀況卻一點都沒有改善。」米娜瓦語重心長。

「我知道啦，動手前深呼吸，對吧。妳看，妳看，我是真的會。」方觀人用力做了幾個非常做作的深呼吸證明自己懂，卻在心裡反叛地想著生氣都來不及了，哪有時間做什麼深呼吸？

方觀人心裡那些小九九，米娜瓦從她的微表情中解讀得清清楚楚，「觀人，我言盡於此，或許我該通報學校，請十庸老師通知妳的監護人到學校……」米娜瓦話都還沒說完，就被方觀人焦急地打斷。

「不要，不要，不要。我錯了，我錯了，我錯了啦，不要通報。拜託，拜託，拜託，要我做啥都可以。」這下方觀人是真的緊張了，雙手合十不斷求饒。如果米娜瓦通報學校，那就表示會驚動爺爺，不行，絕對不行。

米娜瓦知道爺爺是方觀人的罩門，所以故意挖了這坑讓方觀人自己往裡跳。「既然這樣，正好我和十庸老師也在為妳的情緒課程最終試驗傷腦筋，妳就好好調整心態和情緒，我記得妳申請直升木校大學對吧？」

每次米娜瓦這樣拋磚引玉的循循善誘，方觀人就覺得貓膩的很，上次米娜瓦挖坑時，那堂課搞到她腳軟差點走不出營區，所以一聽到這方觀人心都涼了一截，越問越激動，臉都皺成一團，「最終試驗？哪時有的？」

米娜瓦輕笑，「妳不會傻傻以為每次到營區裡，這裡玩玩那裡混混，就可以輕鬆過關吧。別忘了，本校大學入學可是有個情緒學分需達70分的規定，妳確定目前的妳能過關嗎？」

「妳說啥？米娜瓦，不行，不行，不行，不行，做人不能這樣啦。」方觀人開始死纏爛打。

「觀人，妳忘了，我不是人啊。」米娜瓦一個字一個字慢慢地說，這女孩真好玩。

「好樣的，算妳狠。」方觀人頓時無言，「那總得告訴我試驗日期和內容吧。」

「既是試驗，怎麼會有前情提要？去吧，楊同學已經在大廳等妳了。」米娜瓦確定方觀人的衣服已經乾燥後，便把她送出教室。

2

另一邊的楊憲學，原本是驚恐不安地看著被瘋狂泡泡足球包起來的方觀人，突然從天而降一雙機器手臂迅速將他帶離八〇五教室，現在身處在另一個空間裡，被一股暖流輕輕圍繞包覆著，好似流淌在游泳池中，空間裡傾瀉著古風純樸的琵琶聲，舒服無重力的輕鬆自在。

米娜瓦有磁性的聲音伴隨著琵琶樂音緩緩響起，「憲學，有時你得學著拒絕朋友。」

楊憲學在自己擅長的琵琶古風樂聲中，彷彿回到自己的場子，漸漸安心，臉上的驚恐已然消失無終，怯訥開口：「米娜瓦，我……」

「你不該勉強自己，明知道觀人只要玩電玩情緒就容易失控，行為越發粗暴。我看了以前你們在教室裡玩的紀錄，你自己算算這是第幾次差點被她暴打？」

楊憲學不好意思地搔搔頭，「我怕……怕失去朋友……」

米娜瓦笑出聲，「孟子說：『人之相識，貴在相知；人之相知，貴在知心。』真正的朋友會理解彼此，如果今天觀人無法站在你的角度換位思考，這樣的朋友還算真心朋友嗎？」

楊憲學沉默地想著米娜瓦的話，「觀人知道我不擅長玩電玩……我只會談琵琶……」，同時他也想起方觀人在自己被同學圍攻嘲笑娘炮時，二話不說擋在眾人面前捍衛他的畫面。

「憲學，不要勉強自己去做別人喜歡的樣子，你得先學著愛自己。」米娜瓦語重心長說著，並投影救救菜英文電影中，莎希回應暗戀她的羅倫說話的片段，來強化楊憲學的記憶與感受度。

楊憲學非常喜歡這部電影，所以當他看著片段畫面時，心領神會地喚醒當時初看電影時的悸動，同時也再次對自己堅定的點頭，「我會努力的。」

「去吧，你的課上得差不多了，最終試驗也完成，希望我們別在營區裡見面。觀人已經在大廳等你。」米娜瓦溫柔的告別了楊憲學，說完便把他送出空間。

方觀人拿著方才佛洛拉給她的這次課程和提點紀錄，站在大廳看著來來去去的同學們，有的在入口處忙著感應辨識自己身分的手環，辦理報到手續；有的則是拿著佛洛拉分送的課表往教室走；還有就是三兩成群討論方才課程活動的點滴……

這個畫面方觀人幾乎每周都會看一次，因為她的情緒分數總是被扣到負分，學校規定當週如果情緒分數不及格，就得到瘋狂體驗營區報到，由AI科技智慧主機米娜瓦根據學生個體資料情況安排適當課程，讓學生在遊戲、解任務的活動中學習情緒控管相關的知識與能力。

好吧，她承認只要一不爽快就想發脾氣，反正就是沒對象沒節制的先飆一波再說。以前，這個情緒分數不及格，她倒是很佛系，誰知直升大學還有這麼一個規定，綜合三年情緒表現平均得出的情緒學分必須達70分以上，很好，這下她真的咩噗了。打高一起她的情緒分數沒有一周有過60的啦，真是煩死她了。

「觀人，怎麼了？」楊憲學一到大廳就看到方觀人抱頭傷腦筋的樣子。

方觀人一看到楊憲學就想到方才的事情，心裡萬分抱歉，不好意思地道歉，「阿學啊，剛剛真的很對不起，我又沒控制住。」

「沒關係啦，還好米娜瓦動作快，不過，我真的沒想到玩電玩可以這麼酷耶。」

「哈哈，那也只限於營區裡的電玩啊，瘋狂體驗營真的很屌，爽爆了，哈哈哈！」方觀人情緒來的快也去的快，方才的陰霾一掃而空。

「阿學，我慘啦。剛剛米娜瓦跟我說如果要直升大學，總結計算的情緒學分必須有70分以上，怎麼辦？我情緒分數從沒及格過啊……」

楊憲學為難地看著方觀人，老實說每周情緒分數要及格對方觀人來說已經算是件太陽打西邊出來的事，現在還直接跨了一大坎，要求三年總結的情緒學分70分，那不擺明要方觀人的命嗎？

「天啊！奶奶臨終前我答應她無論如何都會留在家裡，所以我一定得就近念大學的……」方觀人只覺萬念俱灰。

楊憲學幫想了半天，最後壯著膽子訥訥的說，「要不，我們去找那個情緒標準王翟丹皓問問，她究竟是怎麼做到完全沒扣分？」

方觀人一聽到翟丹皓三個字，眼睛瞬間瞇了起來，狠狠地瞪著楊憲學，「你，說誰？你好膽提那個面癱王。」

楊憲學突然背脊一陣發涼，真心感受到一股寒意猛地竄上腦門。

瘋狂體驗營區AI情管分析中控室裡，頂著一頭俐落短髮的陳十庸看著米娜瓦整理分析的資料。陳十庸是名擁有心理輔導師證照並具備AI科技相關技能的科學家，在學校裡的職稱是情緒科研師，她與米娜瓦一起駐校已有五年之久，默契十足合作無間。

陳十庸平常會待在營區AI情管分析中控室，與米娜瓦一起監看營區學生上課情形與分析資料建檔，並討論情緒管理課程內容與妥適的處遇方式。

學生的情緒管理課程內容全權由米娜瓦負責，米娜瓦是個擁有模仿人類行為與思維相關的認知功能強大計算機，龐大記憶庫與靈活運用的資料庫，所有情緒相關的資訊與知識，米娜瓦都能完整掌握並充分運用在學生適性課程的安排上。

陳十庸則是專攻感性與柔性對待領域，負責學校、學生與家長，以及米娜瓦三方的主要聯絡橋樑，除此之外，她每天會察看米娜瓦平時所蒐集學生相關的資料訊息中，尋找可能看起來正常但實際上是潛在情緒障礙的學生，找出其特殊性並與米娜瓦一起協力幫助該學生找回正確表達情緒的方法。

學生常戲稱米娜瓦是理性老師，陳十庸則是感性老師，雙方合體就是十全十美的團隊。

米娜瓦正興高采烈的跟陳十庸分享和方觀人過招的趣事，陳十庸對方觀人這樣常出現在營區的孩子還算放心，至少這樣的孩子知道釋放不壓抑，情緒這東西如果只是一味地隱藏忽視，甚至自傷而不自知，最後的結果就真的只能轉介到醫療單位，一但進入醫療單位，不管是校園、家庭、同儕各方面都將失衡，到時候想回到如常生活就不是件簡單的事情了。

陳十庸將困擾她好些天的資料點傳給米娜瓦，「米娜瓦，妳看一下這個翟丹皓。」

畫面是上週她在校園裡偶遇翟丹皓，這孩子適逢突如其來的棒球攻擊，轉身閃避當下的情緒竟是毫無起伏，那種八風吹不動的入定境界，實在不是這個年紀的孩子應該有的表現。

「哦，難得有妳感興趣的孩子，我來看看。」米娜瓦從資料庫調出翟丹皓的相關訊息，說話口氣聽得出很興奮，「咦，這孩子很棒耶，數據超完美的啊。」

「完美？」陳十庸有些想笑，她看著螢幕上放映著翟丹皓在校園裡的日常表現。「米娜瓦，除了妳，我沒看過誰的情緒可以表現如此平淡無波，更何況這階段孩子的情緒基本上都是隨著賀爾蒙起伏，這不太正常。」

「這孩子像我，哈哈。」

「幽默啊妳，來吧，把她以前學校和所有求學時期的資料調出來，我們來看看這孩子之前的情況。」

「十庸，不是有些孩子本身對於情緒控管能力就非常厲害的嗎？或許丹皓就是這樣的孩子啊。」米娜瓦一邊在資料庫裡撈著翟丹皓的相關，一邊提醒陳十庸別陷入刻板印象框架裡。

「是沒錯，但是情緒的運作主要能讓我們生理機制及時反應，躲避危險，處理危機，可是如果不管面對什麼突發狀況是這樣無謂無感的反應，我擔心她心理可能真的生病了。」陳十庸皺著眉頭思索著。

「她入學前的健康檢查看起來沒有多大的問題，也具備喜歡和厭惡的正常反應表現，應該不是杏仁核出問題，或許安排她做個頭部電腦斷層掃瞄……」

陳十庸打斷米娜瓦的話，「醫療部分緩緩，我覺得還是先試試營區裡的課程……」十庸話並沒有說完，便有意地挖苦了米娜瓦一下，「米娜瓦，說實在的，妳在直覺感受這一塊沒了我，還真的不行啊。」

螢屏上米娜瓦那雙眼翻了個大白，「是，是，是，陳十庸大人，我沒有妳還真不行啊。」

陳十庸笑笑，「順便把丹皓公開的家庭資訊一起撈出來，我們一起研究研究吧。」

「好吧，不過妳到時想用什麼理由讓她來營區？她可是符合情緒管理規定。」

「我們先比對仔細評估一下，再說吧。要是真的如我所想，找埋由這事恐怕妳會比我還積極吧。」

對於找理由這件事，陳十庸一點都不擔心。

3

高二一班教室裡飄散洋溢著一股運動後汗水酸澀的青春味道，今天一早舉辦全年級大隊接力比賽，原本體能總是吊車尾的一班，這次竟然榮獲二年級冠軍，所以每位同學的情緒和精神都十分亢奮開心，大家的手環也不約而同地發出嗶嗶的警示聲，手環上也出現五分鐘後準備上課的提醒，請大家冷靜一下情緒。

平常總被嘲笑死讀書的他們，這次因為最後一棒轉學生翟丹皓衝出逆轉勝的奇蹟，一人連超五人，跌破眾人眼鏡勇奪冠軍，大家的心情實在是又興奮又爽快，沒有人把手環的提醒放在心上。

班代陳其先開心地站在講台上，手舞足蹈地叫著方才力挽狂瀾的翟丹皓，就差沒衝到台下把她拉上講台，「翟同學，看不出來妳平常沉默寡言的，居然跑得這麼快！我看方觀人那張被妳追過後像吃了幾斤大便的臉，差點沒笑死，哈哈哈！」

坐在前排中的翟丹皓默默地拿著平板看著科學期刊的內容，完全不在大家興奮的點上，自然不知道班代在跟她說話，彷彿自帶結界將一切隔離在她的世界外。

陳其先被翟丹皓無視的態度搞得下不了台，有種見笑反生氣的惱羞，霎時整個火大了起來，此時，他的手環從嗶嗶的短音轉成長音，手環也開始閃爍紅色警示字樣提醒他穩定呼吸和情緒。

一旁同學見狀，連忙拉住陳其先，「班代，你又不是不知道她就是那副懟天懟地的面癱表情，別跟她一起秀下線，走啦，老師快來了。」

「哼，婊子！」陳其先撂下一句氣話，手環立刻提示扣十分的訊息。陳其先當下臉一冷，面露猙獰轉頭瞪著始終安靜坐在位置上一言不發的翟丹皓，此時正好上課鐘響。班導走進吵得跟菜市場沒兩樣的教室，學生們原本熱切討論著的全都安靜下來，卻掩飾不住開心興奮地看著班導。這時候的陳其先也只能走回座位，只是回座位途中特地繞到翟丹皓的桌邊，故意用力撞了一下，翟丹皓手上的平板啪的一聲掉在地上，她低頭看著螢幕破裂的平板，終是抬頭看一眼陳其先，陳其先回送她一記白眼。

班導沒注意到陳其先的動作，非常高興的恭喜同學們，「剛剛體育老師告訴我這次大隊接力比賽，我們班得了第一名啊！」

同學們開心得又叫又跳，紛紛跟班導邀功要他請客。班導點點頭頻頻答應，同時也發覺坐在前頭的翟丹皓拿著平板一臉正經，面無表情地看著他。「翟同學，聽說這次是因為妳逆轉勝的呀。」回答班導的只有翟丹皓沉默的臉，瞬間教室彷彿飄過幾片落葉，一陣尷尬的靜默。

班導最先反應過來，面露窘態，「啊，哈哈哈。沒想到翟同學跑得這麼快。」為掩飾尷尬，班導趕快轉身拿起觸控筆在電子白板上俐落地寫下赤壁賦三個大字，「來，我們上課，上課，大家深呼吸冷靜一下啊，再讓手環這麼嗶叫下去，大家都得去『瘋狂』了。」

翟丹皓揹著書包以平均每分鐘80公尺的速度往校門口方向前進，一如往常心無旁騖，當然仍是一臉清冷。

楊憲學拉著一臉不耐煩又勉強萬分的方觀人追在後頭，「翟同學，請等一下。」楊憲學在翟丹皓即將踏出校門前趕緊叫住她。翟丹皓回頭便看見拉扯著的兩人，視線停在方觀人臉上時，眉頭輕輕一皺，但很快恢復原狀。

楊憲學奮力拉著一直試圖轉身走人的方觀人，「觀人，妳就問問看又不會怎樣……」楊憲學好不容易抓著方觀人站在翟丹皓面前，「翟同學，不好意思，我們是隔壁二班的，有點事想請教妳……」

方觀人一看到翟丹皓那張面無表情的臉，又想到早上的比賽本來穩坐第一名寶座，居然被這小人反超在前的景象，一肚子怒火迅速竄燒了上來，「吼！幹嘛拿熱臉來貼人家冷屁股啦。」狂躁地怒吼後，她便不管不顧手環嗶聲提醒，用力甩開憲學的手轉身閃人，臨走前還不忘惡狠狠地瞪了翟丹皓一眼，彷彿對方是殺人放火的狂徒般。「哼！鳥不起妳。」

「喂，觀人……」楊憲學看著方觀人離去的背影，一邊叫她一邊回頭跟翟丹皓鞠躬道歉。

翟丹皓的眉皺得更深了，方觀人她是知道，知道的原因是方觀人的爆脾氣實在太有名了，同時也因為方觀人沒少在她面前像個跳樑小丑般叫囂嗆聲，只是讓她百思不得其解的是方觀人到底在鬧騰些什麼？就算朝會時，她和方觀人總是因為情緒分數被拿出來當正反案例比較，這些在她看來都是小事，她一點都不引以為榮。如果說是因為她跑得比方觀人快，那更不是她能控制的事。總之，她真的不懂方觀人究竟在不滿什麼，不過說實話，原因是什麼對她來說也沒多大關係，比較困擾的就是只要每次遇到方觀人……真的就……

才剛想到這兒，突然從天而降一鮀鳥屎直往她腦門趴。唉，就是這個，丹皓無奈拿出衛生紙忍住欲作嘔的嫌棄，默默地擦拭著。沒錯，只要一遇到方觀人，她就會遭受無妄之災，屢試不爽。才想到這兒，手機裡傳來電影瓦力主題曲 You’re not alone 的音樂，她下意識緊緊握住手機，不用看簡訊也知道發生什麼，書房裡她偷偷架設的智慧主機克卜勒傳訊通知，那些偷藏在暗櫃裡和科技相關的珍貴手稿已經被母親找到並銷毀了。可惜那些絕版期刊，真的是存了好久的錢才買到的，瞬間，鬆垮了肩膀，她抬頭看著藍天，心裡只有一個想法，下次千萬別再遇見方觀人。

此時，瘋狂體驗營區AI情管分析中控室裡，大大的螢幕畫面停在方才翟丹皓和方觀人對看瞬間的那一幕。米娜瓦捕捉到翟丹皓那微微皺眉的表情，並將之無限放大，「十庸妳看，丹皓和觀人……」站在米娜瓦螢幕前的陳十庸也盯著放大的畫面，嘴角有著笑意，「才頭痛怎麼找觸發點，想不到觸發點就出現了呀。」

米娜瓦開心的跟陳十庸說，「那就麻煩妳跟丹皓她們班班導『借用』一下情緒資優生到營區來進行情緒交流討論囉。」

「情緒交流討論？」陳十庸無奈搖搖頭，連藉口都懶得找，用這麼敷衍的藉口嗎？

4

八點整，方觀人在最後一刻火速衝進校門口，朝著教官帥氣飛快地敬了舉手個禮。

「方觀人，妳又遲到啦。」教官朝方觀人招手，「來，來，來，手環手環，感應報到。」

「哎唷，教官你幫我報到啦。」方觀人耍賴後，轉身加速離開。

「妳，這孩子……」教官看著方觀人跑遠的背影，無奈拿出摺疊平板，翻出方觀人的資料，幫她完成報到。

另一邊，米娜瓦捕捉到方觀人進入校園後便開始尾隨她的蹤跡，同時在陳十庸的平板上顯示方觀人進校的畫面，陳十庸收到後立刻發通知給一班班導，要翟丹皓上午10點到營區參加進行情緒交流討論。

一班班導收到通知時，還大大驚愣了一下，因為通常都是有特殊狀況需要處理的學生，才會收到這份瘋狂體驗營的通知單，一班班導狐疑的看著一號表情的翟丹皓，彷佛這麼看著就可以知道答案，只是翟丹皓這孩子的回應永遠是一片平淡的靜默和專注的回視。

方觀人熟門熟路的走進營區找佛洛拉。今天上課的學生不多，佛洛拉正在查看各上課教室裡的情況，當她看到方觀人入營區後便迅速查了一下名單，狐疑地歪著頭和方觀人打招呼。

「觀人妳今天沒課耶。」佛洛拉一臉驚奇的眨著眼看著方觀人。

「嘿嘿，佛洛拉。」方觀人下意識玩著手指，想著等會兒要怎麼跟米娜瓦和陳十庸老師商量，「我今天是有事找米娜瓦和十庸老師。」

佛洛拉笑著指著中控室的方向，「去吧。」

明亮簡潔、架滿整牆監控屏幕的中控室，主螢幕上的米娜瓦露出一張溫柔母性大發的臉，翟丹皓不發一語，坐在中控室裡的會議討論桌上。

方觀人一進門就看見翟丹皓那個面癱王，心裡的不悅油然而生。

翟丹皓看到方觀人的當下，下意識產生抗拒感，眉一皺頭微微往左一偏，但很快回復原狀。

不過翟丹皓的這波細微操作，全讓米娜瓦透過人臉辨識觀察而且記錄下來，並在當下通知陳十庸，請她進來陪著孩子們。

翟丹皓看見方觀人進來後，便站起身打算離開。

這時原本待在資料室的陳十庸推門走了進來，「丹皓妳先別急著走，有件事米娜瓦和我討論了一下，打算讓妳和觀人一起完成。」

「老，老師，妳知道妳在說什麼嗎！」方觀人像炸了毛般首先發難，「我才不要跟這個面癱王有什麼牽扯。」方觀人手環上的數據又開始向上爬升，米娜瓦乾脆直接先切掉方觀人手環的運作。

另一邊，翟丹皓沉默的看著米娜瓦和陳十庸，這次眉頭皺得都可以夾死蒼蠅，「我也不願意。」

這是翟丹皓第一次有情緒且果斷地拒絕米娜瓦的安排。

米娜瓦眨眨眼，對於翟丹皓的反應非常感興趣，她和陳十庸觀察的果然沒錯，翟丹皓對方觀人的確有反應，不管是好是壞，只要有反應就是好事。

「還是先聽聽看吧。」陳十庸把手上那份資料遞給方觀人，資料上記載著方觀人從高一起到高二這段時間的情緒分數，以及她上過瘋狂體驗營的課程後，情緒表現的紀錄與點滴，同時，翟丹皓也收到關於她的紀錄。

方觀人翻著資料，越看心越虛，再次驗證她的情緒學分恐怕就是阻饒她直升大學的主因。

翟丹皓看著紀錄，不知道為什麼要看這些，於是抬起頭看著米娜瓦和陳十庸老師。

「丹皓，妳的資料非常乾淨，數據也很漂亮。但是，太過標準。」米娜瓦打算先從翟丹皓下手。

翟丹皓聞言不明就裡的看著米娜瓦，標準不好？不對嗎？

陳十庸握著方觀人的手，讓她先稍安勿躁。

方觀人感受著從陳十庸老師手上傳遞過來的溫度，對於這樣的溫暖有些陌生，為了平撫自己的不安，開始緩慢地深呼吸。

「丹皓，妳願意告訴我，妳理解的情緒是什麼嗎？」米娜瓦又問。

「情緒又稱情感，是對一系列主觀認知經驗的通稱，是多種感覺、思想和行為綜合產生的心理和生理狀態……」

翟丹皓正準備繼續，就被米娜瓦打斷，「丹皓，妳覺得維基百科的定義，我會比妳還不清楚嗎？」

方觀人哈哈兩聲，嘲笑一臉正經的翟丹皓，「標準王啊妳，情緒說穿了就是一種心理感受，我開心就笑、我生氣就發飆……妳背什麼維基百科幹嘛，說妳面癱，真不冤啊，哈哈哈。」

翟丹皓依舊保持視而不見聽而不聞的態度，專心的看著米娜瓦。

「我希望妳和觀人一起做的事情，就是一起上情緒管理課，直到觀人成績和妳的表現趨於正常。」米娜瓦的話把方觀人和丹皓一起炸出破表的驚嚇和抗拒。

「我不要！」方觀人大吼的同時，用力甩開十庸牽著她的手，並緊握雙拳強烈表示自己的不滿。

「我不願意。」翟丹皓難得和方觀人所見相同的拒絕。

陳十庸吃痛的摸著被方觀人打到的右手，「這下妳倆倒是有默契啊。」

「方觀人，這是我和十庸老師討論過後的決定，如果妳想順利直升大學的話。」米娜瓦一個字一個字說著。

方觀人接收到米娜瓦的言外之音，驟像被刺破氣球，「拜託，換個啦，要我幹啥都行。跟她，我真的會死啦……」

「我不覺得跟方觀人一起上課，可以得到什麼實質幫助，如果二位真的覺得我需要上情緒管理課，我想自己上。」翟丹皓也毅然決然地的表明態度。

「沒錯沒錯，這次我認同妳，面癱王。」方觀人再同意不過地往翟丹皓身邊一站，翟丹皓下意識往旁邊一閃，好似方觀人是什麼毒蛇猛獸般。

米娜瓦偷偷朝陳十庸眨眼，陳十庸接收，「觀人，我想妳應該沒有拒絕的理由和資格。」

「吼！老師……」

方觀人這下真的是無語問蒼天了，這些大人怎麼總是哪痛往那戳啦。她努力地控制快爆炸的情緒，不斷地深呼吸，最後彷彿下了多大的決心，視死如歸，置一切如死地而後生的說，「唉，那個，翟，翟同學，忍耐一下，咱就，就一起上個課吧。」

翟丹皓的表情這下子可謂是前所未有的驚恐了，「妳……說什麼？」

翟丹皓還想說方觀人會很有種的堅持到底，沒想到她會這麼快就投降。所以俗話說的好，人還是得靠自己，「我不要。」

翟丹皓一說完，頭也不回的離開AI情管分析中控室。這下方觀人又炸毛了，她睜大銅鈴般的眼睛，指著乾脆俐落離去的翟丹皓背影，「靠！我這是又被拒絕了嗎？」

陳十庸偷偷的笑著點頭，「沒錯，觀人。」然後一個字一個字的宣布，「妳又被拒絕了。」

米娜瓦則是無情的補槍，「去，搞定她，她就是妳的最終試驗，我只給妳三天時間。」

「啊！賣啦……」方觀人崩潰的抓著頭，這次一百二十分貝的叫聲毫無懸念的再現。

陳十庸補充，「三天內帶著丹皓心甘情願的進園區上課，我和米娜瓦就幫妳擺平情緒學分，絕對讓妳達標。」

5

離最終試驗期限，倒數二天

方觀人扛著背包一臉無奈又頹靡地尾隨在翟丹皓後面200公尺的距離遠。她昨天花了一天的時間去說服米娜瓦，哪知對方態度強硬的很，非常好，現在她已經浪費了一天的時間，真是無語問蒼天，唯有淚滿千啊。

方觀人一邊埋怨著米娜瓦的無情無義，一邊跟自己精神喊話加沙盤推演，「就，走過去，假裝巧遇，說話，然後約她一起去上情緒管理課，就這樣，簡單明確。」

一直走在前面的翟丹皓本來是拿著螢幕破裂的平板看著手上期刊資料，但當她聽到方觀人超大聲的自言自語後，就拼命地越走越快，企圖拉開和方觀人的距離，但方觀人也不是省油的燈，總有辦法與她保持不遠不近剛剛好 200 公尺。

就在翟丹皓心裡一股煩躁湧上同時，突然一個身影大喇喇地擋在翟丹皓面前，一把搶走她手上的平板往地上摔，那人後面還跟著兩個獐頭鼠目的傢伙，三人團團圍住翟丹皓。

翟丹皓見平板被摔在地，趕緊蹲下身撿起平板查看。

「翟丹皓，妳很唱秋嘛！」來人是班代陳其先，因為學校太多監視器和感應器，所以特意堵在她回家途中。

翟丹皓查看了平板，原本就破裂的螢幕這下更破得更徹底了，聽到對方的話後，她不解地抬頭，「有事？」

「哼！跩妳。」陳其先對先前在教室裡翟丹皓不給他面子的事情十分不爽。

翟丹皓站起身不想理會他，怎知身後暫且稱為痞一、痞二的二貨們啥都不說就圍了上來，痞二還用力的推了翟丹皓一把。

翟丹皓摔坐在地，臉上還是平靜如昔，冷冷地看著磨破皮的手腕，沒受傷的手則是將平板緊緊抱護在身前。

一直跟在後面的方觀人發現翟丹皓的反應十分奇怪，既沒有害怕也沒有不悅，只是把平板看的比自己重要，這讓方觀人莫名覺得熟悉，記得沒上瘋狂體驗課程，沒遇到米娜瓦之前的自己，好像就是這副鬼樣子。現在，方觀人好像有點知道為什麼米娜瓦會說翟丹皓是自己最後試驗了。

再次感覺被無視的陳其先，氣極敗壞地往前打算踹她一腳，這時方觀人趕緊抓起自己的背包往陳其先腦袋用力砸去。

被偷襲槓了重重一包的陳其先痛得抱頭大叫，「幹！誰？」

「你老娘我啦，欺負女生，你是人嗎？」方觀人一邊鄙夷著陳其先，一邊往翟丹皓方向跑去，經過陳其先身邊時又順便踹他一腳。

「方觀人，妳，妳，識相的，趕緊滾，不然老子，連妳一起打！」陳其先痛得抱腳撂話，撂得坑坑巴巴的。

方觀人跑到翟丹皓面前拉起她，順問，「這衰小妳熟人？」

翟丹皓看著方觀人，對她維護自己的行為，有些無法理解，她不是討厭自己？「班代。」

方觀人聞言抬起一眉，驚訝地，「這衰小是妳班班代？」

翟丹皓聽著方觀人的惡趣言語，默默點頭回應。

陳其先看不過她倆人的眉來眼去，還把他當空氣，「幹！方觀人妳是找死是嗎？」

「怎樣！你不要以為在校外就可以欺負霸凌同學。」

「妳們兩個不是死對頭，妳護她護個屁啊。」陳其先不懂，平常在學校也沒看方觀人對翟丹皓客氣過。

「雨女無瓜。」方觀人嗆完後偷偷對翟丹皓使了個眼神，暗示翟丹皓溜為上策。

翟丹皓看著方觀人微微點頭，表示收到。

陳其先指揮痞一和痞二向前圍住兩人，方觀人見狀動作神速地一手撿起背包往痞二頭上槓了過去，另一隻手拉起翟丹皓的手趁機逃跑。

三人中已有二人抱著頭痛到彎腰，趕緊推著沒事的痞一追上去，方觀人邊跑邊撈出背包裡的磚頭，往後一丟，丟的是一個準，一擊就爆中痞一的頭，沒等對方反應，方觀人趕緊拉著翟丹皓的手在街弄中奔跑，這邊彎那邊繞，上氣不接下氣，最後兩人躲進一間看起來破舊的二手回收店裡。

方觀人喘著氣看著滿臉通紅的翟丹皓，「妳，妳，妳，他，他們，為，啥找妳碴？」

翟丹皓喘著氣，搖搖頭，心裡納悶著這廝背包裡放磚頭是哪招？又狐疑著自己怎麼會跟這廝一起跑？

「想不，到，妳也跟我一樣，自帶招黑體質啊……」方觀人白來熟的把翟丹皓收歸自有。

翟丹皓滿臉問號不懂方觀人怎麼會把自己與她歸成同類，但也不想理會她，順了順氣決定離開。適巧店主人從裡頭走了出來，看到氣喘如牛，汗流浹背的她們倆。

「方觀人？妳又惹事了？」店主丟了一條毛巾給方觀人，然後按下鐵門開關，兩人身後的店門就慢慢拉了下來。

「臭老闆，你一天不挖苦我會死啊。」方觀人接到毛巾後自然地遞給身旁的翟丹皓，見翟丹皓一臉抗拒，「乾淨的啦。」

不等翟丹皓拒絕便把毛巾塞進翟丹皓手裡，一手抽走翟丹皓始終護在胸前的平板，走向老闆，把平板遞給他，「幫忙救一下。」

「哇！摔這麼破啊，這次妳想怎麼換？」老闆熟門熟路拿起吃飯工具後就拆起平板，翟丹皓瞪大一雙眼驚訝地看著老闆。

方觀人瞟了一眼翟丹皓，「跟我一樣二手的吧，我看她也不像拿得出錢的樣子。」

翟丹皓走近櫃台，緊盯著自己的平板，拿著毛巾的手攥緊緊的。

「別擔心，老闆技術超好，雖然是二手，但貨源一定保證乾淨。」方觀人坐在高腳椅上趴在櫃台看著翟丹皓解釋，「我的手機常摔壞，都是老闆幫我弄的，能修的一定修好，不能修的他也會搞一台堪用的給我，妳別擔心。」

「怎樣？磚頭好用吧。」老闆一邊拆一邊問，看方觀人那模樣應該是幹過一場的樣子，問完還順道朝翟丹皓使了個的眼神。

方觀人誇張的朝老闆比了一個讚，接著介紹了坐在一旁的翟丹皓，「我隔壁班優秀的翟丹皓同學。」

此時，翟丹皓心裡對磚頭的疑問已得到解答，只是依然不發一語，盯著老闆的動作。

老闆察覺，開口保證，「翟同學，別看我這店又小又舊的……」

翟丹皓沒等老闆說完，就認真地朝老闆點點頭，「謝謝您。」

老闆笑得開心，這孩子也是個心善的，「甭客氣，觀人的朋友就是我的朋友。」這時，老闆察覺不對勁，因為他注意到翟丹皓不見笑容的一號表情，「不過，觀人，妳這朋友，跟妳之前……」

「耶，老闆專心點，你沒看她一雙眼都望穿秋水了嗎？」方觀人打斷老闆，拚命地朝老闆擠眉弄眼。

老闆再傻也知有戲，「望穿秋水是這樣用的嗎？書念去哪了？臭丫頭。」

方觀人認真的看著站在面前盯著老闆動作的翟丹皓，再想想她轉到學校後這段時間的行為表現，越發覺得翟丹皓和以前的自己，很像，同時也想起了自己困在沉默世界的過去……

沒一會兒，老闆大聲宣告完成，只見翟丹皓著急地接過平板後按下開關鍵，等著平板運作，但螢幕仍是黑頻，翟丹皓抬頭看著老闆。

老闆笑著說，「別擔心，我來看看吧。」說完便接過平板走進後頭一間標示著「手術室」的房間裡。

「老闆要拆平板，再等等吧。」方觀人熟門熟路的不知從哪裡弄了二瓶運動飲料，丟了一瓶給翟丹皓後，自己就大口喝了起來。

翟丹皓接過飲料，視線終於回到方觀人身上。

6

方觀人也不管翟丹皓，反正現在無法離開，她也跑不掉，於是自言自語了起來，「高一那年我奶奶為了我，出了意外……死了，噢！對了，我很小的時候就被父母拋棄了，是爺爺奶奶接下了我這拖油瓶，把我養大的。」

方觀人說的輕描淡寫，喝了一口飲料，繼續，「奶奶走的時候，爺爺又難過又生氣，他覺得如果沒有我，奶奶就不會這麼早離開人世，所以，奶奶閉上眼的那天起，爺爺再也沒跟我說過話了……」

翟丹皓靜靜的看著方觀人，緊握著冰涼滲著水的飲料，水沿著瓶身一滴一滴落地，在地上圈出一圈圈清楚又明顯的水漬。

「我有很長的時間都不知道自己在哪……奶奶離開時……我好像也跟著不見了……我常想如果不是我，奶奶還活得好好的……爺爺也會開心。那段時間，我就跟行屍走肉一樣，甚麼都無所謂……就像有個人拿著橡皮擦把我腦海中的一切全都擦得乾乾淨淨的……」方觀人停下喘了口氣，臉上的表情看得出來那些回憶滿是苦澀。

「有天，我突然聽見奶奶喜歡的琵琶音樂〈夕陽蕭鼓〉，那顫音、推拉音一絲絲牽連著……好像奶奶又回來，一聲聲地叫著我的名字……當我開始找尋來源時，就看見憲學抱著琵琶坐在我身旁一遍又一遍的彈著……」方觀人說完又停下喝了口飲料。

方觀人轉頭看了一眼呆坐在旁的翟丹皓一眼，雖然還是那張平淡的臉，「那時，我才發現我坐在教學大樓頂樓的平台上……滿腦子裡想的都是如果那時被撞死的人是我該有多好……後來，憲學跟我說了好多話，一遍遍說著，車禍不是我的錯、奶奶的死也不是我的錯、我不會是一個人……最後，他帶我去找米娜瓦和十庸老師……」

話還沒說，老闞就拿著平板走出了手術室，笑著把平板拿給翟丹皓。

翟丹皓回神後緩慢的接過已經開了機的平板，她登入系統，把資料從雲端co回來，操作了一番確認一切正常，微微的朝老闆點頭，打算拿出錢包。

老闆搖搖手，「別別別，我好不容易有機會撈這臭丫頭一把，妳可別破壞行情啊。」

方觀人突然看見翟丹皓臉上微微的笑意，驚訝萬分的指著翟丹皓，「妳，會笑啊……」

翟丹皓一聽立刻收回笑容，恢復原本的冷清。

「說什麼鬼話妳，這麼可愛的女孩子怎麼不會笑了？滾滾滾，礙眼。」老闆按下鐵門開關，鐵門打開後便把方觀人推了出去，然後轉身友好地吩咐丹皓，「平板、手機，還是筆電壞了，來找我，別客氣啊。」說完頭便帥氣地走回後頭。

方觀人雙手抱在頭後，大搖大擺的領著丹皓走著，「老闆人很好，就是喜歡漂亮的、可愛的，吹，偏心的很，哼。」

翟丹皓默默地拿著平板走在方觀人身邊，心裡思索著方觀人方才說的那些內容，老實說她非常訝異方觀人有這樣的過去，在她眼裡方觀人就是大喇喇，活潑開朗的一個人。原來光鮮的外表，在其背後都會有著不為人知的辛酸和秘密……

方觀人見翟丹皓不再刻意拉開兩人的距離後，開始拉著翟丹皓東扯西扯，說的都是在瘋狂體驗營裡上過的課程。

像是拼命的砸東西那堂叫〈心碎滿地〉的課，雖然是虛擬畫面，但米娜瓦設計了視覺3D加上體感，球棒砸在桌上、櫃子、玻璃上那種舒暢感，所有的不爽全都在一瞬間發洩的乾乾淨淨；還有跟一群不認識的同學對罵的那堂〈罵出第一名〉的課，規則是盡情用言語攻擊對方，說話不帶髒字，但就是不能動手，這輩子罵的最過癮的就數那次，罵到嘴都酸了，事後足足失聲了二天。

不過印象最深的還是和楊憲學一起玩的〈超 Chaos karts 智能極限飛車〉課程，XR 混和實境，虛擬賽車跑道，手握方向盤、腳踩油門，急速衝刺的過程中，還得在每一個彎道間解三角函數、交互作用力……等題目，以取得特殊攻擊道具，重點是還要和楊憲學配合速度跟步調，如果差了點默契和團隊合作的契合，就無法在團體戰賽中脫穎而出，賽道就會變成單調無止盡的延伸，那種一直跑不完的賽道遊戲，真的是會把人給搞到腿軟、精盡而亡……

一路上，方觀人開啟隨心所欲的閒聊模式，不停的胡天說地，翟丹皓也就是靜靜地聽著，沒有回應，但是臉上已經沒有先前的冷漠。方觀人也不確定翟丹皓究竟聽進了多少，反正話匣子打開了，就這麼一路自顧自地開講了下去。一直到方觀人發現翟丹皓沒有跟上，停下腳步找人。

方觀人回頭只見翟丹皓離她五步遠，眼睛直直地看著前方，臉上的表情沒有先前的輕鬆，反是沉重的面容。

方觀人順著翟丹皓的眼神看了過去，那是一個打扮高雅的女士，不過對方的表情一點都不高雅，直瞪著翟丹皓，那神色模樣仔細和翟丹皓比對一下，應該是翟丹皓的母親，只是對方全身都透露著一股生人勿近、怒氣騰騰的氛圍，不知道的還以為是來討債的。

方觀人還沒機會想遠，轉眼間，翟丹皓連忙將平板塞進方觀人懷裡，然後一言不發地朝對方走去，方觀人站在原地愣愣地抱著平板，看著翟丹皓朝對方九十度鞠躬後，乖順地站定在對方身前，只見那人身形激動，嘴巴不知說些什麼動作也大，然後迅雷不及掩耳地惡狠狠甩了翟丹皓一個大巴掌，看到這方觀人也知道情況不對，錯愕中趕緊轉身快步離去。

7

離最終試驗期限，倒數一天

瘋狂體驗營AI情管分析中控室裡，方觀人坐在椅子上和陳十庸老師及米娜瓦報告昨天觀察所得，因為事情發生地點在校外，米娜瓦的權限僅止於學校內，所知有限。資料庫裡公開的資訊中，無法得知翟丹皓持續習慣性壓抑情緒的原因，總得有線索才能順藤摸瓜找出真相。

陳十庸說，「看樣子問題是出在母女情感與溝通了，從她的入學和以前求學資料來看，母親是家庭主導者，母親希望丹皓念醫科，但丹皓……」

米娜瓦接過陳十庸的話，「丹皓喜歡科學，觀人，妳能把丹皓的平板接上系統，讓我看看嗎？」

方觀人猶豫，「……這是丹皓的隱私，得先問過她吧。」

陳十庸點點頭，「嗯，得經過丹皓的同意。」

米娜瓦也知這要求是過了點，也只能另尋它法，「觀人妳還是得帶丹皓進營區上課，只要在營區內，我就能全面掌握丹皓的情況，如果她卸下心防，我還能更進一步探求她的潛意識。無法全然掌握她的狀況就不知道該怎麼幫她，她不顯情緒只知一習慣性壓抑……不過，幸好我們已經找到她的觸發點了。」

陳十庸頗有深意地看著方觀人，「希望這個觸發點能夠善用她的優勢啊。」

方觀人沒注意到陳十庸的眼神和話中含意，只是一心想著要怎麼幫助翟丹皓，最後下定決心，堅定地雙手握拳，「交給我吧，我一定把會笑會生氣的她找回來。」

放學時間，方觀人告訴楊憲學自己得去搞定翟丹皓後，就轉到翟丹皓教室前等著她下課。無聊之餘方觀人踢玩著腳邊的小石頭，走過方觀人身旁三三兩兩的學生都在猜，這個方觀人不會又是來找翟丹皓的碴吧。雖然大家都這麼想，卻也沒有人想留下來幫忙翟丹皓。

也不知道等了多久，就在方觀人快失去耐心之時，聽到教室傳來桌椅翻倒碰撞的聲音，方觀人連忙衝進教室，就看見陳其先站在教室前面，而翟丹皓倒坐在教室中，校服被扯破，身旁的桌椅亂七八糟倒了一地。

「衰小班代！你又來陰的，學校裡你也敢動手，想死是嗎？」方觀人趕緊跑向翟丹皓，在看到翟丹皓被撕破的衣服後氣到發抖，手上的手環也嗶嗶嗶的響個不停，她一把扶起翟丹皓。

翟丹皓反握住她的手並朝她搖搖頭，「沒事。」

「方觀人，又是妳！」陳其先退了二步，緊盯著方觀人的背包，怕又被偷襲。

「就我，怎樣，你是人嗎你！我今天不好好教訓你，老娘就跟你姓。」方觀人挽著袖子一副準備幹架的樣子，趁機觸點著手環上緊急呼叫的求救。

「唬我，妳們兩……」陳其先話都還沒說完，教官就領著兩個身強力壯的學長走進教室。

方觀人在教官帶人進教室前就脫下身上的外套罩在翟丹皓身上，看到教官的同時，趕緊先叫救人，「教官，教官，就他，就他，這已經是第二次霸凌我家丹皓了，衣服都被撕破了……」此時，方觀人手環的嗶嗶聲也被米娜瓦遙控關掉。

翟丹皓靜靜的看著方觀人把她包的嚴實，心裡有個東西好似被敲破了，原本漠然的眼睛有了些許波動，手環很快地接收到翟丹皓轉變的數據，米娜瓦接收後趕緊傳訊通知方觀人馬上帶翟丹皓到營區來。

二位學長在教官的指揮下，動作迅速的把陳其先帶走。其實，早在陳其先單獨留下翟丹皓，意圖不軌時，米娜瓦已經從陳其先的手環和校方架設的人臉辨識系統察覺危險，並立即通知教官。

教官在確定兩人沒事，叮囑兩人小心後也離開了。

「妳沒事吧？」方觀人對於陳其先這種爛咖的奧步實在不齒。

翟丹皓搖搖頭，轉身拿上自己的東西，和方觀人一起離開教室。

方觀人自然而然把翟丹皓往營區帶，路上方觀人又對翟丹皓開啟碎念模式，「翟同學，老實說，妳真的不覺得自己遇到這種事情一點都不生氣，很奇怪嗎？」

翟丹皓只給了方觀人一個意味深長的眼神。

「拜託，我沒有比妳怪，好嗎？」方觀人接收到翟丹皓的意思後真心崩潰。「慘了我……居然懂妳說啥……」

翟丹皓臉上難得出現一絲絲微微的，笑。

「老實說，妳太習慣壓抑自己的情緒了……」

丹皓聽到方觀人說這句話時，一時沒忍住，「像妳這麼衝動沒好處。」

方觀人像發現新大陸一樣，神奇地看著翟丹皓，「哇靠，這是妳第一次跟我說那麼多個字耶，我一定要跟憲學炫耀去。」

翟丹皓在心裡厭棄自己的衝動，不過聽到方觀人的話，她也好奇了，「妳，和憲學很好？」

「嗯，之前不是跟妳說過，憲學等於是救了我的命。進入營區後，十庸老師才跟我說她觀察我很久了，那時我一直處在情緒崩潰的臨界點，她和米娜瓦一直在找能夠幫我的契機。有一天音樂課老師介紹國風音樂，米娜瓦在那時發現我的潛意識對琵琶音樂有反應，於是便在營區裡找了國樂社的憲學……」

說著說著，兩人已經過營區大門，完成感應報到後，方觀人抬手和看著她倆的佛洛拉打招呼，便領著翟丹皓往中控室走。

「我和憲學一起上了好一陣子的瘋狂體驗課程，漸漸地我學會了難過要記得哭、生氣一定要爆、累了就裝死、活著得清醒啊。所以，翟同學，妳，準備好了嗎？」方觀人握著門把，難得正經地看著翟丹皓。

翟丹皓抿抿嘴，「我覺得我這樣很好……」

方觀人想了一下，「嗯，這麼說好了，我之前處在情緒崩潰邊緣時也不覺得自己哪裡不好……後來我才知道，不是因為自己好，而是自己不知道自己不好。」

翟丹皓看著方觀人認真的表情，想著她說的最後那句話，「不知道自己不好……」

「試試看吧，甘地不是說過，『你必須成為你在世界上想看見的那個改變』，反正試試也沒甚麼損失，對吧。」方觀人提出邀約。

沉默了好一陣子的翟丹皓，最終點點頭，反正也沒損失，不過就是幾堂課吧。

方觀人打開了中控室的門，門內，米娜瓦和陳十庸已經等候許久了。

8

翟丹皓換上陳十庸給的備用校服後，便坐在椅子上看著自己昨天交給方觀人的平板發呆，心裡不知想著什麼。

米娜瓦特意撥放電影銀翼殺手的主題曲 Almost Human，輕柔吟唱時而鏗鏘有力的嗓音在中控室內流淌著，這是翟丹皓特別喜歡的電影，尤其是經歷這兩天的霸凌事件後，翟丹皓心情混亂又不知所措，她若有所思地看著一直和陳十庸說話的方觀人，心裡那個堅硬黑暗的地方一點點地被輕輕鬆動。

米娜瓦一直關注著翟丹皓每個生理的輕微轉變，發現翟丹皓的微表情、血液流速和心跳速度後，便立刻通知陳十庸，讓方觀人帶著翟丹皓先去上一堂發洩課再說。

方觀人受命二話不說領著翟丹皓進入三樓教室區，轉進一〇五教室，兩人進去後，門自動關上並立刻閃現藍光標示〈就是打地鼠〉，課程開始。

方觀人幫翟丹皓帶上VR眼鏡，然後拉著翟丹皓站就定位，在道具牆上拿了一把大槌子放在丹皓手上，再幫自己挑了個球棒後，也戴上眼鏡，隨即朝著半空中畫了一個大圓。兩人眼前由地面升起一個超大平台，平台上有十二個大孔洞，然後孔洞開始隨機出現一隻隻長得像陳其先的老鼠，方觀人一看到老鼠的長像，差點沒笑死，趕緊朝監視器比了個讚，大讚米娜瓦真是超強神隊友啊。

每隻陳鼠升上來時，都伴隨著挑釁、怒罵的言語，像是傻B、智缺、腦袋有洞、2486……反正除了不帶髒字外，什麼鬼話都有。

方觀人早就開打，打趴一隻是一隻，發現翟丹皓傻愣愣的看著激動到頭髮都亂了的自己，方觀人尷尬笑笑，拉起翟丹皓的手朝著罵笨蛋的陳鼠就是一槌。

「快啊！這可不是給我玩的，妳打到的才有分，十分鐘內打不到100分，可是要打到滿100才能停喔。對了，米娜瓦很變態的，力氣越大分數越多，力氣太少還會倒扣，所以妳沒時間發呆啦，啊！吃我一棒。」方觀人說完又朝扮鬼臉的陳鼠揮過一棒。

翟丹皓一開始遲疑的敲著敲著，耳邊除了聽到陳鼠罵人的字眼外，還夾雜著觀人不客氣地反駁，一時間教室裡罵人聲此起彼落，好不熱鬧。

什麼她沒聽過的罵人詞句，響徹滿教室，本來還興趣缺缺，但在敲完陳鼠看見陳鼠吃鱉的表情之後，突然有種說不出來的快感，漸漸地翟丹皓越打越用力，也學著和方觀人一樣，用盡吃奶的力氣，放手一搏。

翟丹皓越打反應越快，越打越開心，打到最後甚至開始罵人，陳鼠罵完翟丹皓就回罵一句，不知道怎麼罵人就跟著陳鼠罵，罵到最後翟丹皓罵人的對象和語句開始變了，那個對象似乎變成了她母親，反駁母親對她的詛咒、打罵……就像是一股腦把心中隱藏許久的話下意識地全都倒出來。

翟丹皓一邊罵一邊哭，「不要打我……我不是廢物……我也會痛……不要再丟掉我的東西……」

一旁的方觀人早在發現翟丹皓進入狀況後，便慢慢退到後面，靜靜陪著翟丹皓。

米娜瓦這時也立刻抓住翟丹皓釋出的線索，並在翟丹皓的潛意識中著手搜尋第二個觸發點。

翟丹皓打到最後，已筋疲力盡再也抬不起雙手，這時的米娜瓦也非常乾脆地的直接宣布翟丹皓挑戰成功。

方觀人拉起癱坐在地上的翟丹皓，「好玩吧。」

翟丹皓臉上的哀傷和淚水還來不及收，只是尷尬的點點頭，老實說從來沒這麼不顧一切，盡情的做著一件毫無意義的事，「謝，謝妳……」

「來吧，還有課程等著妳呢。」

翟丹皓無力的說，「我真的沒力氣了……」

「這個妳就不需要擔心了，接下來這堂課，不需要力氣。」方觀人心裡有些不忍，因為等會兒的課程十分殘忍，但，如果沒經過這道關卡，翟丹皓永遠無法知道自己究竟哪裡出了問題。

方觀人架起翟丹皓，往後靠坐在沙發上稍作休息。

這時畫風突變，科技感十足的教室突然便成了一個安靜窄小的書房，而原本一同坐在沙發上的方觀人轉眼間被米娜瓦移轉出去，教室裡面對著小書房畫面的只剩下翟丹皓一人。

翟丹皓原本輕鬆又疲憊的臉，在看到小書房後表情瞬間僵硬了起來，這間小書房丹皓再熟悉不過了，滿地的鏡子碎渣、紙本期刊資料亂碎一地……，才剛經歷過釋放緊繃，整個人全然鬆懈下來的翟丹皓，此時，雙手、身體已經控制不住開始忍不住的顫抖著……

3D立體畫面中的小書房，母親站在小丹皓面前，動手把小丹皓綁在椅子上，然後發了瘋似地開始咒罵那些科學資料、罵小丹皓沒用、念醫科比那個科學好幾百倍、罵小丹皓憑什麼笑、憑什麼哭、憑什麼奪走自己幸福的生活……罵到最後，動手緊緊掐著小丹皓的脖子，開始抱怨自己悲慘的人生，毀了自己人生的人憑什麼笑、憑什麼幸福……憑什麼……只見小丹皓在窒息中慢慢閉上眼睛……

而從頭到尾，翟丹皓就這麼看著眼前上演的回憶畫面，眼睜睜看著小小的自己被打得遍體麟傷、昏迷不醒……

身穿堅強盔甲，捍衛自己的翟丹皓，看著畫面中的一切，一點一點慢慢剝離，眼淚無聲地流下來，最後跟著昏迷的小丹皓，緊閉著眼睛再也不敢看也不想看了。

這時米娜瓦收起畫面，就把方觀人放了進來，既然方觀人對翟丹皓來說有特殊的觸發，那就讓方觀人來收尾。

方觀人用力擦掉臉上的淚水，從頭到尾她在另一個空間看得一清二楚，從小被這樣對待的孩子，難怪不敢笑也不敢哭，日子久了應該也忘了要怎麼哭怎麼笑了吧。

方觀人拍拍臉頰，深深吸了一口氣，走到丹皓身邊，緊緊地抱住顫抖不已的丹皓，就像當初的楊憲學一樣。不斷的對丹皓說著，「不是妳的錯，妳很好，妳不是一個人……」就這樣一句一句、一次又一次，不斷地重複著。

哭到不能自己的翟丹皓終於緩緩伸出顫抖的手……反抱著方觀人放聲大哭，方觀人也不停掉淚，兩顆受傷的弱小心靈，在這一刻，緊緊抱著彼此分享片刻的溫暖和悸動。

中控室內的米娜瓦和十庸在看到翟丹皓反手抱著方觀人時，也隨之鬆了一口氣，只有翟丹皓真正放下防備和緊繃的心，才能正視和釋放自己的情緒。

陳十庸看著米娜瓦，「米娜瓦，通報一下社福中心吧，我想丹皓的母親比起丹皓更需要醫療協助。」

「早就通知了。」早在發現丹皓受虐的當下，米娜瓦就與社區精神醫療單位聯繫，並通知社福中心介入強制處理翟丹皓母親的狀況。

最終回

瘋狂體驗營區 高三下學期三月

二樓右手邊第一間八〇五教室門上，淺藍冷光標示目前正在進行的課程〈VR情緒反射體驗課程—Free Fire IX〉，教室裡 360 度環繞圓弧螢幕上顯示著平原射擊遊戲畫面，看得出雙方人馬對峙緊張，戰況激烈，而三位實際操控玩家頭上戴著VR裝置眼鏡的學生專心地舉槍進攻。

「快！快！幫補，我換彈！！」翟丹皓話還沒說完，遊戲畫面傳來 double kill 的聲音，螢幕上大方豪氣地顯示戰敗二字。

方觀人輕輕拿下VR眼鏡，偷偷觀察站在旁邊一言不發的翟丹皓，然後默默地往旁邊慢慢移動。

只見翟丹皓做了二個很深很長的呼吸後，緩慢優雅地拿下VR眼鏡，話都還沒說，方觀人就舉起雙手投降，著急地解釋，「我不是故意的，不小心失焦，失焦，妳別生氣啊。」

「嗯，失焦。」翟丹皓輕輕的冷笑著，抬頭看了方觀人一眼。

方觀人吞了吞口水，抬頭看向監視器，不停的擠眉弄眼，暗示米娜瓦趕緊把自己移轉出去。

監視器另一方，中控室的米娜瓦假裝沒看到，但也細心地查探了一下翟丹皓的生理數據，發現翟丹皓只是玩弄方觀人後，便不再理會八〇五教室裡面發生的事了。

陳十庸好笑的看著八〇五教室的畫面，「沒想到這兩人，竟真的變成好朋友啊。」

「是啊，耶，憲學來了。」米娜瓦偵測到剛進營區的憲學。

「要不，讓他們三人一起玩個遊戲好了，算是給憲學的畢業禮物。」陳十庸要米娜瓦傳訊請佛洛拉引導楊憲學到一八二三教室。

一八二三教室門上，淺藍冷光標示目前正在進行的課程〈XR胡鬧廚房Ⅶ課程〉，教室裡 360 度環繞圓弧螢幕上，顯映著廚房空間與中島環境的遊戲畫面，三位頭戴VR裝置的學生分站在各處，手忙腳亂地又丟又撿，又洗又切，亂成一團。

「快快，蔥蔥蔥蔥蔥。」方觀人朝著同伴大叫，屏幕中顯示倒數時間1:23。

楊憲學在原地轉圈圈，努力找蔥，但嘴裡一直喊著，「飯飯飯飯飯，我的飯……」

翟丹皓手抓起眼前一把綠色往方觀人的方面丟，自己則是平靜如常的洗著盤子。

方觀人看到飛過中島掉在地上的那把綠，瞬間呆滯，「翟丹皓，妳知道這是麼嗎？」方觀人揄起那把綠，眨著眼看著努力跟盤子奮鬥的翟丹皓。

「綠色的，蔥。」丹皓秒回。

「翟丹皓，不是所有綠色都是蔥，這個叫做小黃瓜好嗎！」方觀人的嘴角忍不住抽搐二下。

翟丹皓停下洗盤動作，思考了一下，「咦，什麼時候改的？」

「啊，改妳的頭啦。」方觀人正要發作，就見楊憲學把煮好的飯二話不說往方觀人的方向扔，瞬間鋪滿整地的飯，淹沒畫面。

這下方觀人真心崩潰，蹲下身耍賴大喊救命，「米娜瓦我不要跟二個廚房白癡玩胡鬧廚房啦。」

楊憲學雙手一攤無奈的看著方觀人，心裡也是哀號著千百個不願意。

一旁的翟丹皓則是眉峰一挑，一臉無謂無話。

「時間到，挑戰失敗。」米娜瓦開心地大聲宣布。

方觀人立馬站起身，脫下VR眼鏡，「我要上訴。」

楊憲學苦著臉說，「觀人，我們換個音樂類遊戲好不好？」還是音樂他比較擅長。

翟丹皓微微一笑，拿下VR眼鏡看著哭喊著要上訴的方觀人「妳確定？這個？妳要再玩一次？」

「我不管啦！」方觀人不甘願的躺地攤平耍賴。

陳十庸站在米娜瓦前，看著一八二三教室裡的畫面，心裡十分欣慰。

「很有成就感吧，看到這些孩子終於找回該有的樣子。」米娜瓦把楊憲學的檔案整理了一下，傳送至檔案室歸檔。

「是啊，憲學終於能坦誠的表達自己的想法，真好。」陳十庸說著話，發現平板閃著燈傳來校務通知，順手滑過查看，也順道把通知轉給米娜瓦。

米娜瓦飛速地瀏覽後，「觀人知道一定會很高興。」

陳十庸也替方觀人開心，「是個孝順有心的孩子，能走到這步她真的很努力啊。」

米娜瓦在螢屏上顯現出方才的校務通知「本校申請直升大學的榜單」，方觀人和翟丹皓的名字赫然在上，方觀人的情緒學分那欄的分數標註89分，而翟丹皓的名字出現在光電工程學系。

陳十庸翻看著觀人的資料，「幸好，觀人不放棄的堅持著，聽說爺爺已經慢慢的開始跟她有些互動。雖然不多，但只要開始，成功就在不遠處啦，一切都會慢慢好轉的。」

「嗯，丹皓的母親好像也有不小的進展，接受治療、諮詢和服藥之後，情緒失控的時程縮短了，上次丹皓說兩人已經可以說上一些不帶暴力和埋怨的話了。」米娜瓦定期都與社福中心、心理醫生聯繫，並追蹤翟丹皓母親的病情發展。

「現在的觀人不再像行動刺蝟到處行兇，也懂得好好與自己的情緒和平相處，應該可以從營區畢業了吧。」十庸放下平板，推推眼鏡，鬆了一口氣。

米娜瓦再同意不過了，「丹皓對於痛苦、悲傷、難過等負面情緒，已經不會習慣性壓抑和忽視自己的情緒，很大的進步啊。」

「這樣，我們可以開始著手丹皓的最終試驗囉。」陳十庸看著米娜瓦，興奮地宣布。

「嗯，不過這次試驗……」

雙方這次不約而同的看向九〇五教室裡，正在七手八腳地跟〈和平大泡泡〉奮戰的陳其先。

作者的話——關於IP出版培訓營

曾經在很巧妙的機緣下，明白了我們現行獄政管理，尤其是監獄教誨師人力短缺的困境，每一位教誨師經常要承擔三百至五、六百位收容人的教誨輔導責任，即使全力以赴，在極有限的時間與人力配置下也只能蜻蜓點水般帶過。這個情形，在為假釋決定時，也有類似的困境，每位收容人約莫分得一分鐘左右的陳述時間，很難也幾乎無法避免流於形式化的審核決定。

在筆者整個法學院的生涯中，死刑的存廢與刑罰究應採應報刑或教育刑（目標刑）一直是爭論不休的議題。有幸了解台灣、美國和挪威的獄政管理後，內心有著非常大的衝擊，數據會說話，收容人的再犯率與獄政的應報刑氛圍正好成反比（台灣、美國和挪威再犯率分別是40—50%、60—70%、以及20%）。

何以嚴厲的矯正處遇不能帶領我們達到期待的效果，卻反而催生、強化下一次的犯行？我們如果不能將收容人永遠阻隔於社會，那麼什麼是更安全、更具有遠見的做法？

這個故事試圖從目標刑的角度出發，加上日新月異AI科技的輔助，當收容人找到自我存在的價值，再度成為自己生命的決定者，努力擁有生存的技能，積極重返社會，「再犯」—將成為一個被遺忘的動詞。

這次的課程，對我來說，是一場美好的意外之旅，收穫遠遠超乎預期。就好像走進雨中的森林，原本只是想感受些許芬多精，卻意外發現神木竟然在那裡。

因為曾經受過完整的好萊塢劇本寫作訓練，獨立完成過 130 頁的英文長片劇本，此次真正吸引我報名的主因，是關於未來學與故事創作之間，如何聯結共生。

黑喜先生以未來學家的角度，幫助創作者特定出內心關切的議題，以系統化的方式檢索條列，最後確定出具有創意、面向未來的解決之道。

有別於一般的故事創作，是以英雄的旅程作為發想主軸，黑喜先生的方式是界定出該議題的主流演變與外在客觀影響驅力和上位理念，最後再回過頭來於已經精確設定的故事環境中，處理人的議題。

對於我個人而言，也許是習於爭點與體系化的思考架構，對於這樣有效率且科學的創作方式，非常喜歡。它同時也有一個美好的實用之處，你可以以此方法切割一部長篇或影集而先完成首播的創作，但仍能予人完整呈現之感；並且在撰寫和對素材的處理上不會逸散。

此外，本課程是以 workshop 的方式進行，所以同行的夥伴十分重要，同學們的視野、專長、所學、創意和閱歷，會很大程度的影響 workshop 的成果與內容，這個部份我要深深感謝大家，十年修得同船渡，多少年能夠修得同出一本書？我們都見證了彼此故事從發想、掙扎、草稿完成到追求美善的過程，這其中有伙伴依照既定的藍圖一路走下去，也有伙伴改弦易幟轉向再來、更有夥伴歷經三個版本而推陳出新，我將深深懷念過去八個月來每一個和你們一起絞盡腦汁、痛苦掙扎、頭部炸裂的周六時光。

最後，還要謝謝我們親愛的助教路里，一路相伴，在蘿莉塔的外表下有著直言無隱、一針見血、真誠又有見地的心靈。

關於這樣的緣份，我的心充滿感激。

——〈AI教誨計畫〉作者：端木寬

我偶爾會想像，未來老了的時候自己會過得怎麼樣。而這篇《安寧島之春》則在一定程度上，呈現出我理想中的未來生活。本篇故事中，將外島打造為高齡人口專屬居住區域的點子，是在工作坊的創意發想階段激發出來的。在計畫開始時，我以處理少子化造成的人口失衡問題為起點，希望能找出鼓勵年輕族群生育的方法。但透過工作坊的資料考察與討論，我逐漸關心這議題之下非常重要的另一個族群，也就是隨著人口負成長不斷增加的高齡人口。

「我們真的應該為了有足夠的勞動力照顧長輩們，就鼓勵大家生育嗎？或者，我們可以想個辦法把長輩們安頓好就好了？」這樣的想法在討論中慢慢萌芽。所以當腦力激盪的過程裡，有同伴提到讓老年人口集中在一個島上居住的概念時，我的腦袋立刻就浮現出了這個故事的雛形，並決定採用這樣的概念進行寫作。有趣的是，每個人對「安寧島」這個世界的想像都不太一樣，有些人將安寧島想像成一個悲慘的老人集中營，有些人將安寧島視為一個美好的老人烏托邦。我則希望這座島嶼成為一個「媒介」，她透過細緻的規劃與設計，展現出我們對長輩的關心，也藉由提供軟性的勞動機會，存留住長輩的智慧與經驗。當然，她有一些無可避免的問題，像是住戶因經濟能力差異，而有所差別的居住條件，以及外部的干預。這些都證明了烏托邦並不存在，也提醒我們溝通與關懷是不該停止的行動。

我認為「安寧島」這樣的長照方式是有潛力的。事實上，在現實世界中的歐美，已經有一些概念類似於安寧島的長照社區正在運行中了，只是規模沒有故事裡這麼誇張而已。不過在亞洲，這種長照機制似乎尚無人考慮，就連現在政府與學界大力推廣的老人公寓或青老共居住宅，都常被認為違反了「孝道」這個傳統美德。我不知道我想像中的這種長照方式，是否真的算為不孝。我想這個問題就留給讀者自行判斷了！

最後，感謝黑喜老師、路里閣助教與工作坊的同伴們。這次工作坊是我第一次認真的進行小說寫作，雖然過程猶如煉獄行，但果實還是甘甜的。將這顆果實獻給終將老去的我們。

——〈安寧島之春〉作者：機械狐獴

從進大學開始，觀察身邊的朋友同學，越來越多人以當公務人員為目標，當金榜題名時，就與古代科舉上榜一般，舉家歡騰。但同一時間，透過新聞或是政府的內部調查，也可發現政府機關內部用人問題之多，包含人員流動率高，各種內部鬥爭，長期使用臨時人力等。內心冒出了一個疑問：為何進入到一個內部問題眾多的工作環境，是件值得慶祝的事？一般人不是都避之唯恐不及嗎？

於是萌生了想寫一篇關於公務體系的故事。當在進行工作坊時，遇上了因疫情而延期一年的二〇二〇東京奧運，當時鬧出了一場官員坐商務艙，選手坐經濟艙的新聞，一夕之間網路上對於台灣體育官員各種批判不斷，教育部長與體育署長甚至當晚開記者會出面致歉。當時有個疑問在心中，當我們口口聲聲以民主制度為榮，但為何民主社會下政府部門仍是充斥著官僚文化、各種官商勾結、各種舞弊。如果改由民眾可以直接評分上上下下的官員，是否就可以遏止這些問題？

創作隨著東京奧運一起進行。台灣在東京奧運拿下2金4銀6銅，創下史上最好的佳績，媒體焦點轉移到奪牌選手的心路歷程，體育署後續的檢討以及體育署長在二〇二〇東京奧運後請辭等新聞也漸漸無人問津。怪不得在台灣同樣的問題、事件總是反覆發生，「今天公祭，明天忘記」，說的不僅是政治人物，多少也反映著民眾的心態，往往跟風地罵罵政府，但轉頭就忘記。不知道5年、10年後，是否還會有人記得這件事、是否還會記得對政府各種失敗政策的憤怒？

很感謝參與工作坊的各位，很多想法創意皆是來自工作坊中的反覆討論，有了工作坊的各位，才有這篇「你的薪水我決定」。

——〈我的薪水你決定〉作者：Nicole

老實說剛看到未來敘事工場的招生訊息時，心裡是有些遲疑，因為我自己本身其實對科技和科幻的事物所知甚少，而「未來敘事工場」這幾個字，詢問過谷哥大神後，依舊陌生又毫無概念。或許就是頂著一顆戇膽，再加上負責人曾經與我學習編劇時有點硬是要牽連的學長關係，所以想沒幾天就報名繳費了。

費時近整整八個月的時間，從故事編劇等概念教學開始，歷經跨領域創作工作坊的討論，最後小說完稿的修正與出版編輯的協助，我只能說幸好當初的衝動與戇膽，否則我此生無法遇上如此令人驚豔的團隊，黑喜老師和路里閣助教真的非常專業廣博。

一開始參加時非常擔心自己無法跟上課程和創作時程，所幸黑喜老師對於他熟知的領域與擅長的專業方面，運籌帷幄十分精準，總能不斷的分享相關的實例和影視作品來增強我對那些陌生知識的不足。而未來學設計思考的這一套系統，我真心覺得非常實用也受用，新的觀念與陌生的領域雖然起步有些迷茫，但經過教學解釋與實際操作後，這真的是一套具有前瞻性解決問題的系統，十分推崇。

這個創作團隊，雖然成員不多，但大家來自各行各業，所學所思各有春秋，各具特色，真的很喜歡團隊成員相互之間的協助與腦力激盪：端木寬說話細柔輕慢，但總是認真把心裡的感受和想法，清楚明白條理分明的敘述與分享出來；知性脾氣好的機械狐獴，總能找出我的思考盲點，幫助我在卜殼時重新整理釐清；Nicole 有股濃厚的學生氣息，想法和觀點多能提供我重整新想法；助教路里簡潔有力直面核心，不管是在工作坊或是創作上，都能一刀見血的抓出盲區和邏輯缺誤之處。

這八個月，猶如醍醐灌頂、思想再造、受益良多，很多複雜和感動真的是筆墨難以形容。只能說自己真的非常幸運，可以加入由黑喜老師領軍的創作團隊，並在完整豐富、精彩專業的課程中，遇到一群志同道合互相鼓勵共同成長的夥伴。

因為本身就有情緒困擾的問題，從國中遇到校園霸凌開始，我就一直在和自己的情緒拉扯作戰，那時不知道什麼是憂鬱症、躁鬱症，以為那些讓自己痛苦萬分生不如死的東西就是每個人的日常，後來念了大學進入職場，這樣令人措手不及的心理戰爭肆虐而起，所到之處無一生機……，我又再次陷入與情緒的激烈對戰中。

人總是不斷地在錯誤與痛苦中學習成長。運氣好的可以重新開始，轉戰跑道；運氣不好就只能獨自掙扎抑或與世長辭。

年紀漸長、資訊與觀念漸豐，才知原來不被重視的心理疾病是這樣折磨人的意志和身心，一問之下才知道原來身邊有情緒困擾的朋友其實不少，有些朋友甚至連自己心裡生了病都不知道。瘋狂體驗營就是在這樣的起心動念與夥伴的討論聲中萌芽：如果求學階段，能夠有這樣一個人或AI導師無時無刻都在感知學生們的情緒變化，並提供無法自我療癒或控制的學生一個可以學習如何發洩和情緒相處的管道與課程，那是不是相關的悲劇就會少一些，剛準備進入大學、社會的青年們就能夠擁有健全的心態，來面對每一個層面的挑戰與變化。如果人人的情緒都能控制得宜，不再有人因為憤怒或情緒失控而做出傷害自己或傷害別人的行為，社會是否會更祥和安全一些。

——〈瘋狂體驗營〉作者：青山有思

助教的話——關於IP出版培訓營

未來敘事工場　接案編劇、課程助教、本書編輯　路里闇

費時數月，終於在大家的共同努力下，將這本獻給未來社會的故事集誕生。

很榮幸這次能和黑喜老師一起帶領培訓營的學員們完成這部作品，遙想當時，未曾想過在黑喜的巧思下，未來學竟能與設計思考、編劇理論結合，組合出一套足以建構一個具有嚴謹世界觀的科幻故事的方法，後來自己與夥伴們，還透過以此法為基礎發展出的工作坊，一路從無到有完成了以社會議題與未來台灣為主題的科幻短篇集《薛丁格的社會》。

之後，在黑喜不斷改良之下，整套工作坊變得更加成熟，最終誕生出了此次的IP出版培訓班，讓來自各行各業的學員們，都能順利發展出屬於自己的科幻作品。

本次課程中，學員們不僅以自己關心的社會議題來發想故事，還積極地給予其他學員所挑選之議題的資訊和想法，使得每個學員在創作背景時更加全面，世界觀也更加完整。這些除了是學員本身足夠熱情、用心之外，黑喜開發的流程也功不可沒，從學員的反饋得知，這樣的方式不但對創作極有助益，且還前所未見，這皆歸功於黑喜多方面的嘗試。

書末，除了要感謝黑喜給我擔任助教以及編輯的機會以外，還要感謝學員們，這一路對於我，對於這個方法，還有對於這個課程的肯定，在這次的課程中，我也從這些創意豐沛、文筆優秀又充滿活力的學員們當中學到很多，也見證了他們這幾個月來不斷克服挫折、不輕易放棄的決心，最終的成果同樣印證了他們的努力，每部都是足以改變現代社會的佳作。

現在，我們仍正用這套方法來幫助想開發IP的企業，以及想發展故事的創作者。

若在書前的你願意，你也可以加入他們的行列，相信你也能透過這一系列的工作坊，創作出一個專屬於你的科幻故事。

下一期的IP出版培訓營，期待與你相見。

國家圖書館出版品預行編目 (CIP) 資料

薛丁格的社會 . II : 變異宇宙 / 端木寬 , 青山有思 , 機械狐獴 , Nicole 作 . -- 初版 . -- 臺北市 : 未來敘事工場股份有限公司 , 2022.05
面 ;　公分 . -- (未來敘事工場)(未來小說 ; 3)
ISBN 978-986-98529-4-4(平裝)

863.57　　111004948

未來敘事工場　未來小說 03

薛丁格的社會 II——變異宇宙

作　　者 / 端木寬、青山有思、機械狐獴、Nicole
出　　版 / 未來敘事工場股份有限公司
發 行 人 / 林雪黔
總 編 輯 / 彭啟東
編　　輯 / 陳紀樺
封面設計 / 汪碧茹
校　　對 / 陳紀樺
通訊地址 / 11157 臺北市大安區信義路 4 段 170 號 3 樓
印　　刷 / 中茂分色製版印刷事業股份有限公司
代理經銷 / 白象文化事業股份有限公司
電　　話 / （04）2220-8589
傳　　真 / （04）2220-8505

978-986-98529-4-4（平裝）NT$300
出版日期 / 2022 年 5 月 6 日初版一刷
定　　價 / 新台幣 300 元